Ciencia ficción en el mirador
Sci-Fi at the Mirador

Yairamarén Maldonado

flamboyán

P.O. Box 16663
San Juan, Puerto Rico, 00908
email: edicionesdelflamboyan@gmail.com.
web: www.edicionesdelflamboyan.com.

Diseño y maquetación: Ediciones del Flamboyán.
Corrección y edición: Lucía Orsanic y Jorge Fusaro Martínez.
Arte de la portada: Lorraine Rodríguez.
Diseño de la portada: Ediciones del Flamboyán.
Consultora de traducción al inglés: Anahit Manoukian.

I.S.B.N.: 978-1-7360195-9-7

Hecho en San Juan, Puerto Rico.

Prólogo

De entre los escombros de la humanidad: Un acercamiento a la poética de la viralidad de Yairamarén Maldonado

David Tenorio

"Yo pensaba que la muerte lenta era una isla-colonia ahogándose desde 1898", dubita un poema que nos sumerge en una realidad postapocalíptica, en una isla ya no dominada ni única ni exclusivamente por una imposición imperial sino también por una poshumanidad contagiosa. *Ciencia ficción en el mirador* abre una brecha necesaria en la producción literaria puertorriqueña del siglo XXI de varias maneras. Por un lado, se reafirma una pulsión feminista, un conocimiento situado desde el devenir mujer y la precarización del trabajo feminizado, desde el aprenderse cuerpo-territorio en tanto extensión de un sur global devastado, explotado y saqueado a manos de un norte global que no necesariamente convive en la lejanía geográfica sino cohabita en una misma latitud; en una misma isla donde la comodificación del cuerpo se anuncia "en los *billboards* de Condado" y que alimenta los feminicidios y la violencia contra el vasto panorama de la feminidad. Por otro lado, se anuncia la condición posthumana, el reconocimiento de que el sujeto de la modernidad, ese hombre blanco-mestizo, pensante, civilizador, heterosexual y judeocristiano, sumergido en una interminable crisis, se ha desvanecido en la toxicidad de su propio narcisismo, de su ímpetu por aprehender toda forma de vida y por creerse corona de una ilusoria pirámide de preservación. Es decir, se atiende al desvanecimiento de la masculinidad tóxica.

La multiplicidad de imágenes que tapizan la propuesta poética de Maldonado también rebasa tanto la imposible insularidad nacionalista como el politizado estatismo imperial, desdibujando el sentir del hastío y el desencanto. Los versos libres ensayan lo que Yolanda Martínez-San Miguel y Michelle Stephens denominan "archipelagic thinking", o pensamiento del archipiélago, de fragmentos dispersos que, curiosamente, comparten una misma condición y, a la vez, un deseo transformador. En el caso de Maldonado, sin embargo, el pensar no se impone como única manera de afrontar el presente, sino que se complementa del sentir, de poner el cuerpo y darse cuenta que nos define la inmediatez tecnológica, el patrullaje digital, la carnalidad mediatizada y, a pesar de todo, la necesidad de contacto y de intimidad con otros cuerpos, otras materialidades. En este último sentido, el posthumanismo, esa crítica al antropocentrismo cuyos reflujos comienzan a resentirse a finales de la década de los 70 después de un activismo múltiple, resuenan por las zonas de contacto de *Ciencia ficción en el mirador*. Asentimos, entonces, a una especie de viralidad poética o lo que aquí denomino *poética de la viralidad*, que se une a propuestas literarias como las de Lina Meruane, Jorge Enrique Lage o Rita Indiana. Más adelante, indago en algunos aspectos de la poética de la viralidad de Yairamarén Maldonado, por ahora, basta saber que la crítica al humanismo occidental, al colapso ambiental, a la des/conexión humana, a la esfera digital, a la consolidación del tecnocapitalismo junto a la pandemia del COVID-19 y del feminicidio, entre otros temas, trastocan una producción cultural, incluyendo la de Maldonado, que entiende ya una compleja realidad que no solo azota nuestra cotidianeidad pero que también va trazando las coordenadas de un nuevo paradigma del devenir cultural del Caribe y, por extensión, de las Américas.

Así como Verónica Gago hace de la huelga una lente de conocimiento situado desde el feminismo, es decir, "una herramienta práctica de investigación política y un proceso capaz de construir transversalidad entre cuerpos, conflictos y territorios radicalmente diferentes" (2019, 18), Yairamarén Maldonado entiende la poesía y la creación literaria, por su parte, no sólo como un método de investigación política sino también como un archivo de afectos situados en una dimensión material cambiante. En este sentido, el cuerpo no aparece como simple metáfora de un quehacer poético, sino que se vuelve contenedor del hastío y del desenfado frente al patrullaje constante que caracteriza la era pandémica del tecnocapitalismo. Según Gago, la herencia de las rebeldías ha mostrado que "la potencia del pensamiento siempre tiene cuerpo" (2019, 15). Ciertamente una de estas rebeldías recae en el quehacer poético de Maldonado. En "Vomitar poesía", por ejemplo, la poeta manifiesta ese siempre como pulsión de la creación poética:

> Hoy desperté y vomité otro poma
>
> [...]
>
> Los poemas son así,
> partes de un todo que nunca llega a ser,
> toda una vida siempre *in medias res*

Mas esta pulsión poética no despierta en medio del solipsismo dubitativo ni de la tertulia burguesa de Guaynabo, sino que brota de una colectividad feminista que resiente la violencia impuesta por un orden que normaliza la desaparición y el deceso, que permite la transmutación de "la isla del encanto" a la ínsula de la muerte, donde el lenguaje es pura entelequia:

> En la isla donde nos mataron,
> fui forzada a morir
> para que todo pudiera hacer sentido,
> se me acaban las palabras,
> se quiebra el lenguaje.
>
> [...]
>
> En
> la
> isla
> donde
> nací
> muerta
> busco su rostro en el espejo
> como quien se quiere traer de vuelta.

En ese buscar en el espejo, en el recordar el rostro desaparecido y darle nombre al anonimato, se quiebran las efigies y los ídolos: *Nuestra América* no es más que una ficción sexual, una invención de la virilidad revolucionaria que nos hunde en esa otra epidemia del feminicidio, donde la supervivencia, esa otra pulsión utópica, se ensaya todos los días al oler el café de la mañana, al sentir una peluda presencia canina, al dejarse llevar por la gama cromática del gris o lila y al lidiar con el trauma de todos los días. En un mundo que se deshace, Maldonado nos recuerda que los versos, así como los cuerpos, solo mantienen su sentido cuando se entrelazan, haciendo eco del "pensar situado" que, en este caso, se traduce en un escribir desde la piel: "Por eso, situarse es también componerse con una máquina de conversaciones entre compañeras, historias y textos de muchas partes y de muchas épocas" (Gago 2019, 15).

En el resentir la territorialidad del cuerpo y la política del espacio, la poética de Maldonado invierte el debate del nacionalismo o de la identidad colectiva. Si a lo largo de los últimos dos siglos, la producción cultural puertorriqueña se ha caracterizado por un fuerte vínculo con la diáspora, el exilio, la migración, el desplazamiento y los flujos del capitalismo global, que exponen "la heterogeneidad constitutiva de lo nacional" (Martínez-San Miguel, 2006), Maldonado extiende tales vínculos, trazando otra cartografía que se desprende de la caribeñidad que concentran regiones como Nueva York, Nueva Jersey, Atlanta o Miami, desplazándose de la llamada "Costa Este", cuna del movimiento *nuyorican* o del activismo cultural de Víctor Fragoso, Sandra María Estévez, Piri Thomas o Tato Laviera, o de las propuestas de Áurea María Sotomayor, Raquel Salas Rivera o del colectivo CantoMundo, que, por su parte, han contribuido a la formación de una múltiple latinidad estadounidense. En el poema "Espiritista", por ejemplo, de la orilla del Pacífico, en Berkeley, California, se iza la bandera boricua en un gesto de añoranza, pero que, al mismo tiempo, desdibuja los imaginarios que históricamente han delimitado el territorio de la puertorriqueñidad. En su análisis sobre la poesía centroamericana-americana del grupo EpiCentro, Maritza Cárdenas señala que "as a metaphor for an EpiCentro identity, this diasporic subjectivity is framed as transregional, and contentious but generative", aludiendo a la geografía que comúnmente caracteriza la región centroamericana y que plasma la producción cultural de centroamericanos-americanos. Cárdenas así añade "Tectonic plates and fault lines spatially and temporally exceed borders and physical parameters" (2013, 126). Si las placas y las fallas tectónicas se acercan a una topografía continental en la poesía centroamericana-americana, las páginas de Maldonado se empapan de una insularidad de la que emergen algunas metáforas que ciñen el símbolo de la caribeñidad: el malecón. Ese espacio liminal entre el mar y la tierra enlaza de manera transregional, como lo expone Cárdenas, dos espacios que, política e ideológicamente, se piensan en desconexión. En este sentido, el malecón caribeño sube cual espumosa marea en Santa Mónica, Long Beach o San Francisco, en cuyas playas resuenan el "Yo perreo sola" de Bad Bunny, a cuerpo tendido y el altavoz a todo lo que da, escuchando las tamboras y el bongó que hacen eco de la espiritualidad afrodescendiente al ritmo del baquiné. A través de hechizos y encantamientos, los versos revelan las confesiones del pasado y, en la distancia, bregan con la ausencia de las palabras, de lo no dicho que se arrastra hasta el ahora, invocando espíritus que conducen a su revelación.

Si el tiempo y el espacio se vuelven constantes en la propuesta de Maldonado, la reflexión en torno a la era pandémica es aun más punzante. Según Annu Dahiya, el coronavirus no solo se entiende en tanto que virus sino también supone una manera de relacionarse; es el riesgo de contagio lo que detona el miedo y la aversión al contacto con el ecosistema: "We confront and are confronted by our materiality and vulnerability when our lives are threatened through touch. We become aware of touch and tactility when we should fear all contact. Touch is inevitable; it is the condition of possibility for all of the other senses and perception in its most fundamental sense" (2020). Es a través del tacto que Dahiya percibe una manera de subvertir la hegemonía del régimen de lo visual y sus metáforas en el pensamiento occidental (2020). En este sentido, literalmente, la poética de Maldonado apuesta por el tacto, el contacto y la imposibilidad de existir, algo que la filósofa estadounidense Lauren Berlant ha llamado, "slow death" o muerte lenta, alusión que se hace presente en uno de los poemas de la sección "Virus". Berlant atribuye el avance paulatino de la muerte a las dinámicas de la globalización y a las regulaciones legislativas y estatales, que vuelven aun más precarias las condiciones de vida del trabajador:

> But, for most, the overwhelming present is less well symbolized by energizing images of sustainable life, less guaranteed than ever by the glorious promise of bodily longevity and social security, than it is expressed in regimes of exhausted practical sovereignty, lateral agency, and, sometimes, counterabsorption in episodic refreshment, for example, in sex, or spacing out, or food that is not for thought (2007: 780).

Esta precarización de la cotidianidad en función de los ritmos del trabajo y del capital caracterizan un mundo posthumano y postapocalíptico que esboza el poemario, haciendo eco de las ideas de Félix Guattari, Gilles Deleuze y Donna J. Haraway, sobre el cuerpo-máquina o el cyborg, respectivamente:

> Cinco: Máquina.
> El cuerpo entonces se sienta ergonómicamente frente a una
> /pantalla,
> decide nunca más ir afuera,
> para no matar más humanos
> y ahí se queda,
> encerrada,
> su corazón se alimenta de la señal 5G
> y sus ojos consumen otros cuerpos ciborgs a través de
> /pixeles falsificados.

En la transición de sujeto a código, de Yairamaren a YR-32 —un número asignado aleatoriamente al llegar por el Departamento de Salud de Puerto Rico en el contexto de la pandemia COVID-19—, se gesta la simbiosis entre cuerpo y máquina, pero en esta amalgamación la metáfora abandona ya las imágenes afines a una mecánica industrial, apiñándose al imaginario de la revolución digital; redes, pixeles, pantallas y servidores se integran a una anatomía posthumana. Anclados en este "verdadero fin del mundo", el desgaste no es solamente físico, es decir, la extracción capitalista no solo opera a nivel material sino también afectivo. La extracción enérgica que se produce al estar "frente a una pantalla" transforma los métodos de producción, abriendo otras frecuencias hacia la vulnerabilidad del cuerpo y la mente. Frente a una compleja etapa en la precarización de la vida, el sentido del virus se vuelve múltiple ya que ahora se advierte una amenaza de contagio tanto biopolítica como bioinformática. Con el aumento de ataques cibernéticos, se agudiza la seguridad informática, monetizando elementos de la biopolítica que, supuestamente, sirven para una mejor protección de datos privados, como en los dispositivos de reconocimiento facial, lectores de retina y huellas dactilares en teléfonos celulares o cuentas de banco. La bioinformática también desemboca en la materialidad del control y, así, el llamado cuerpo humano se vuelve un nódulo más, un vector de conexión dentro del enjambre digital. En tanto que parte de una red digital, el poemario apunta también a una fragmentación corporal a través de versos cortos; la métrica tradicional ya no opera frente a un frenesí de la información; la lógica algorítmica se implanta como una forma de predicción. Y a pesar de estar inmersa en la red, Maldonado rompe con la lógica del control bioinformático, estribando hacia un nihilismo del lenguaje:

> No importa el mundo ya

si lo que quiero es que sigamos juntando vocales
verso tras verso,
hasta que desaparezcan todas las sílabas
y que descanses tus imágenes sobre mi isla.

"Ciencia ficción en el mirador", uno de los poemas que integran la sección "Virus", se impone como clave de la poética de Maldonado. En "el injerto maquinológico", se percibe una nueva manera de percibir el desencanto, la soledad y el hastío como sentimientos colectivos en medio de una desconexión que ya se venía gestando con la entrada del neoliberalismo, pero que se acelera con la entrada del coronavirus en marzo de 2020. En medio de la desconexión de la era pandémica, las palabras buscan encontrar un nuevo sentido, ya que los referentes, así como las convenciones, resultan caducos e inoperantes. La necesidad de respirar, así, no sólo equivale a una lucha por existir sino también a una búsqueda de nuevos significados que nos permitan afrontar una realidad cambiante: "Deseamos poder respirar. Pensamos que podemos respirar. Pero tan solo estamos enterradas bajo las sombras del vidrio a noventa grados, que quizás no deje salir las partículas virales".

Volviendo a lo dicho por Dahiya, el sentido del tacto y la capacidad de contacto adquieren una especificidad en la era pandémica. De cara a la explotación capitalista tanto a la inmediatez digital, la posibilidad de establecer algún contacto se complejiza por la paranoia, por el medio al contagio; infectarse de un virus que puede ser letal despierta una serie de sensores de biocontrol que regulan el cómo, cuándo, dónde y porqué de nuestros movimientos, respiraciones e intimidades. Si el tacto alude también a cierto nivel de intimidad, la entrada a la era pandémica revuelve ya el sentido de lo público y lo privado; lo público es también lo personal y, siguiendo la propuesta poética de Maldonado, lo público en tanto que se torna viral, es también político. Frente a la instauración de un nuevo orden biosocial y político, frente a la escasez de recursos, al patrullaje cotidiano y al miedo de contagio, Maldonado conjura metáforas que intentan dar sentido al sinsentido que nos rodea, pero no a partir de verdades absolutas, sino de cavitaciones que nos afectan y nos infectan de cierta emoción: hastíos, desencantos, miedos, preocupaciones o esperanzas.

> Si hubiera sabido que el futuro sería esto,
> habría hecho menos de lo que opté por hacer
> y habría hecho más de todo lo que dejé de hacer
>
> Es otra mentira, como la de mi perro en la tina.
> Yo sabía que este sería el futuro,
> e hice absolutamente todo lo que tenía que hacer para que
> /cuando tuviera que estar aquí
> me escogiera siempre a mí misma,
> la única que me quedó
> para el fin.

La escritura no solo se arraiga en la carnalidad del cuerpo, sino que resiente el patrullaje cotidiano y lo afronta, esparciendo el espíritu de resistencia cual fuego que busca oxígeno para enardecer y quemarlo todo (Gago, *Sin aire no hay fuego*, 2020). Si la poesía es guarida del fuego ancestral, de otra manera de sentir, entender y aproximarse al mundo, Maldonado hace de ese fuego una fuerza viral que nos renueva. Atendemos así a una poética de la viralidad en tanto que cada poema busca establecer un vínculo afectivo directamente con su lector al tiempo que nos convoca a seguir buscando espacios, aunque límites, donde podamos respirar entre los escombros de la humanidad.

David Tenorio
University of Pittsburg

Ciencia ficción en el mirador

Yairamarén Maldonado

“Ya nadie se reconocerá mirándose a la cara, que podrá ser cubierta con una mascarilla sanitaria, sino a través de dispositivos digitales”.

GIORGIO AGAMBEN
¿En qué punto estamos? La epidemia como política

Virus

YR-32

Yo pensaba que la muerte lenta era una isla-colonia ahogándose desde 1898.

Pero entonces, aprendí de purgatorios fatales color naranja donde somos forzadas a deconstruir sonetos bajo lluvias de ceniza, a respirar violeta, a producir con el desastre.

Deseamos poder respirar. Pensamos que podemos respirar. Pero tan solo estamos enterradas bajo las sombras del vidrio a noventa grados, que quizás no deje salir las partículas virales.

Y aguantamos la respiración.

Me temo que, si abro el vidrio, pronto regresaré a la muerte lenta.

—Este es el informe diario de Sara Alert para YR-32. ¿Está usted sintiendo uno o más de los siguientes síntomas hoy? Tos, problemas para respirar, pérdida reciente del olfato, pérdida reciente del gusto, falta de aire, fiebre, temblores y escalofríos, dolor muscular, dolor de cabeza, dolor de garganta, náusea o vómitos, diarrea, fatiga, congestión nasal o un exceso de moco en la nariz. Responda con "Sí" o "No".

—Hola, Sara. Gracias por mi nuevo nombre, casi me hace sentir como si pudiera rehacerme al volver a la muerte lenta. He tenido problemas para respirar desde que me fui, así que estoy segura de que no está relacionado con el virus.

Recupero la respiración intermitentemente. Excepto cuando veo una familia de gringos sin sus mascarillas en la acera mientras la juventud puertorriqueña enmascarada empuja a la vejez en silla de ruedas.

Y aguantamos la respiración.

Están aquí para matarnos, siempre han estado. Se me aprieta el pecho a sabiendas de que solo eres una máquina que sostiene esta muerte lenta.

Y mis amigos se ponen su mascarilla primero, antes de ayudarme a recuperar la respiración. Me conectan a la célula, son mi red de cuido. Colectivamente, hemos perdido todos los sentidos y hemos compartido los dolores musculares de la colonialidad, por décadas. Pero el diseño de nuestra célula contiene aires indestructibles de resistencia a la estrangulación incesante de tus programadores.

Y aguantamos la respiración.

No soy quien era cuando me fui, estoy fatigada y tiemblo al escuchar la lluvia. Mi célula no sabía que me asignarían un nuevo nombre a la vuelta. No saben que ahora soy YR-32, así que me presento de nuevo a la célula que creamos antes del fin del mundo.

Les digo que cuando estuve afuera también vi la muerte lenta. Que la muerte nos persigue a donde quiera que vamos porque no nacimos en un lugar, nacimos en esta muerte lenta, no merecedores de vida.

Y aguantamos la respiración.

Y, sin embargo, en esta muerte lenta, el sol brilla, la lluvia limpia, hay aire limpio en mis pulmones. No hay cenizas ni aire violeta, no hay palabras malgastadas para deconstruir sonetos en simulaciones del fin del mundo.

Se estremecieron con mi optimismo como si se tratara de un escalofrío. Así que me puse mi mascarilla primero antes de ayudarlos. ¿Sara, estás ahí? ¿Estás escuchando mi reporte del virus? Estás reportando de vuelta que el virus está en ellos, los burócratas que te programaron ¿y no en nosotros? ¿Les puedes decir que nos dejen respirar? Por favor responde "Si" o "No".

—No, la colonialidad no puede ser registrada una vez que se le ha asignado su nombre de ciborg en la re-entrada.

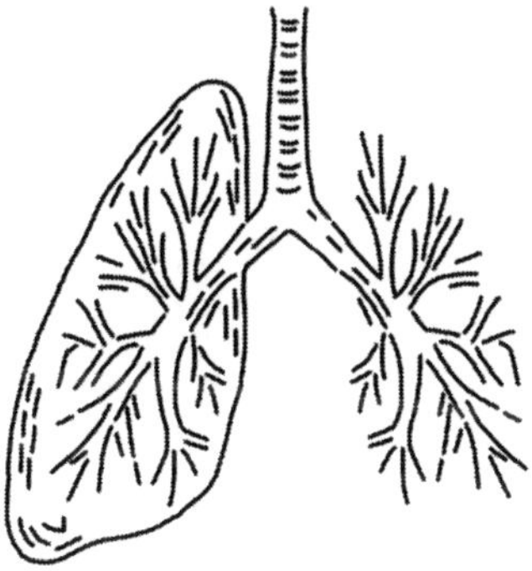

Ciencia ficción en el mirador

Uno: Un cuerpo.
Biológico,
que salió del semen que colonizó un huevo.

Dos: Comodificado.
Entonces, ese cuerpo que salió del huevo colonizado
se convirtió en una comodidad como las que anuncian en los
/*billboards* de Condado.

Tres: Subhumano.
Más comodidad que humano,
ese cuerpo se yuxtapone a otros más o menos como él,
comodidades o cosas antihumanas.

Cuatro: Sola.
En realidad, ese cuerpo está ahí en soledad.
Intentando enseñarles a hablar a los antihumanos,
pero es más fácil hablar con una máquina.

Cinco: Máquina.
El cuerpo entonces se sienta ergonómicamente frente a una
/pantalla,
decide nunca más ir afuera,
para no matar más humanos
y ahí se queda,
encerrada,
su corazón se alimenta de la señal 5G
y sus ojos consumen otros cuerpos ciborgs a través de pixeles
/falsificados.

Seis: Ciborg.
Injerto maquinológico,
que salió de la ciencia ficción en el mirador.

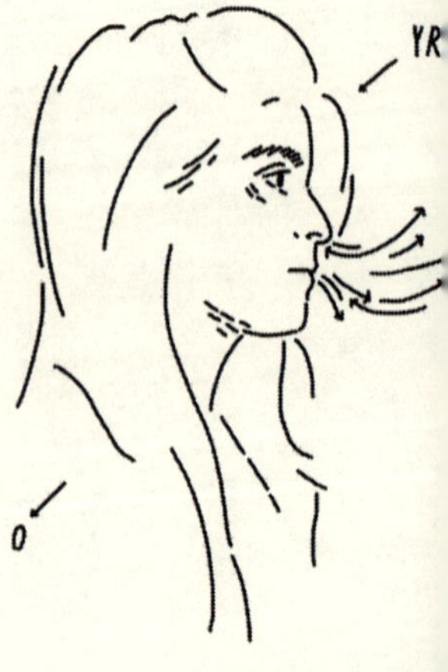

Paciente cero

En la acera,
al lado de la acera,
hay una bolsa de bolas
de esas, de las de piscina.

No sé cómo se llaman en inglés,
pero le cuento a mi amiga
que la peor parte de la pandemia
es no poder llevar las bolas a mi casa.

¿Por qué? ¿Para qué?
me pregunta ella.
Yo le digo que porque sí,
porque quisiera llevármelas
en caso de que se vuelvan un objeto *vintage*.

Tampoco sé cómo nombrar para qué se usan en inglés
así que le explico mediante descripciones más extensas.
No sé para qué se usarían las bolas en mi casa,
quizás para decorar o como souvenir de tiempos mejores.

Cuando me sugiere que las podría limpiar, le respondo:
Pero imagina si tienen el virus,
no, imagina si tienen un virus nuevo,
el de la próxima pandemia,
y que lo traigo a mi casa
y que soy la paciente cero del virus del verdadero fin del mundo.

Ella me sugiere que sería una buena premisa para una novela
/de *sci-fi*.
Yo le digo que como mucho un cuento corto.
Pero en realidad solo será este poema,
y el próximo.

Cuando volví a casa no estaban ya las bolas,
pero unos días más tarde,
desvelada,
encontré una piscina de bolas que me tenía acorralada.

Piscina de bolas

Supongamos que sí traje las bolas a mi casa.
Que las puse en mi bañera con agua y jabón.
Que el jabón creó una reacción química
que yo no conocía, y esto desencadenó una mutación.
Yo, como no sabía, usé la piscina de bolas para entretener a
/mi perro.
Eso, por ejemplo, es una ficción porque mi perro odia la
/bañera y el agua.
Pero supongamos que disfrutó en su nueva piscina de bolas.
Entonces, contrajo la mutación.
Y luego, al sentarse en mi falda en el sofá, como suele hacer a
/eso de las nueve, me la traspasó
telepáticamente.
Ahora, la mutación está en mi cerebro.
Supongamos que yo no sé que está en mi cerebro.
Y que entonces, la mutación —altamente transferible por
/USB, Airdrop o telepáticamente— está en mí.

Yo soy ahora la paciente cero.
No salgo de casa por lo menos en tres días.
Cuando salgo, la mutación en mí está en su fase más contagiosa,
no puede aguantarse para ir a otra piscina de bolas.
Cuando veo a mi amiga, nos tomamos una *selfie*
pegaditas como la gente de antes,
y le traspaso telepáticamente la mutación a su cerebro.
Pero la cosa no termina ahí.
Luego, ella me pide que le haga Airdrop de la *selfie*.
Así que también le traspaso la mutación por Airdrop.
Ahora ella es paciente uno, con mutación a la dos.

Luego, la mutación causa una pandemia global donde todxs
/terminamos ahogándonos entre bolas,
intentando aparentar que nos divertimos,
intentando llegar unxs a otrxs sin poder,
intentando pararnos o sumergirnos,
tambaleándonos,
móviles inmóviles,
perdiendo todo el control.

La mutación se llama piscina de bolas.

Calentamiento virtual

Quizás estamos tan desconectadxs de nuestrxs cuerpxs
que no sabremos ni su temperatura actual.
Una que pueda ser mínimamente viral,
otra que nos lleve a la destrucción total.

Tengo una imagen en mi cabeza:
Un extraño me apuntala con una metralleta,
se asegura de que no supero (18)98,
y ninguna otra cosa que pueda.
Parece que se les olvidó apuntalar al planeta.

Tengo otra imagen en mi cabeza,
Son dígitos, 1, 0, 1, 0
30,000
80,000
1,500
4,645
2017
2019
2020
5
4
3
2
1
0.

Los números no logran detenerse,
y aunque la matemática nunca ha sido lo mío
intento hacerla cuando los miro.

Es como ir en el *continuum* del tiempo derechito a la
/destrucción total de la mano de un ángel.
No hay paradas, no hay recesos, no hay respiros.
Cien años de calentamiento virtual, por detrás y por delante.

Pero ya basta de números y datos.
La poesía no se trata de eso.
La poesía son versos por aquí y por allá,
que al sumarse y restarse se hacen inmortales.

El mundo contemporáneo es inferior a la poesía.

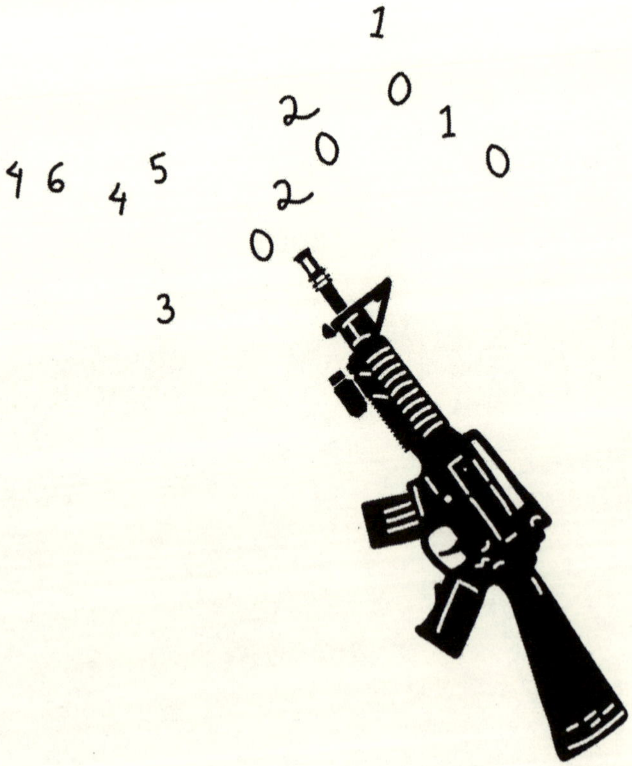

Baquiné

Los espíritus despiertan mi cuerpo a las 3 de la mañana.
Mi cuerpo despierta mi espíritu a las 5.
Aquí nadie se pone de acuerdo.
Y en el entre medio estoy yo, sin plan.
Entre ellxs y ella,
dejándolos que hagan lo que les dé la gana.

Explosión de pequeños ochunes,
que se espabilan
bajo el chorro del recurso más escaso en esta región.

Mis amigos me piden que contrate bailarines para sus
/funerales.
Y yo, en lo que, celebro mi propio baquiné esta mañana.
Les digo que sí lo haré, les reitero que lo que quede de mí
/cumplirá sus promesas.
Y, sin embargo, hacer un plan ahora me evoca una sensación
/sin precedentes de extrañeza.

Quizás la pérdida que se derrama sobre la soledad
es de las que nos dejan en desnudez total,
sin aviso,
en medio de la oscuridad que alumbra la contemporaneidad
/para rehacernos
o de las que nos hacen desaparecer de una vez.

Pero queda claro que estamos aquí sin plan,
entre medio,
dejando el tiempo pasar.

Los espíritus se desbocan por las rendijas abismales que se
/llenan de incertidumbres,
que cohabitan contigo y conmigo dentro de las cuatro
/paredes de esta puta casa.
Y la luz, afuera, anuncia que a lo mejor podemos planificar 4
/horas bajo el sol en nuestra hamaca.

Más allá de eso, no hay plan.
Más allá de que no hay plan, no se sabe que va a pasar.
Lo cierto es que el fin del mundo llegó sin avisar.
Pero bueno, al menos tenemos ahí con qué desinfectar.

El futuro es hoy

Si yo hubiera sabido que el futuro sería esto,
habría tenido menos aspiraciones,
vivir una vida de esas
sin rumbos ni deseos ni propósitos.

Yo habría querido vivir una vida sin ambiciones,
sin amores,
sin dolores.
Con mucha más droga, más tabaco, más sexo del que me hizo
/adicta a todos los cuerpos menos al mío.

Habría trabajado más para
destruirme más rápidamente,
en vez de rescatarme de
mí misma.

Si hubiera sabido que el futuro sería esto,
habría hecho menos de lo que opté por hacer
y habría hecho más de todo lo que dejé de hacer

Es otra mentira, como la de mi perro en la tina.
Yo sabía que este sería el futuro,
e hice absolutamente todo lo que tenía que hacer para que
/cuando tuviera que estar aquí
me escogiera siempre a mí misma,
la única que me quedó
para el fin.

Abrazo

Otra época

Cosas de las que no me arrepiento de haber hecho, antes de
/estar en soledad impuesta:

Abrazar a mis amigos a la llegada y la despedida, siempre,
/mucho.
Ir a cada jangueo que me invitaran, siempre, mucho.
Ser la última en irme, casi siempre, mucho.
Y la primera en despertar para seguir bailando, siempre, mucho.
Bailar como si el fin del mundo se avecinara, absolutamente
/siempre, más que nada.
Escribir como si fuera mi única herramienta para ser
/escuchada, compulsivamente.
Irme, una y otra vez, de lo que ya no me alimentaba, siempre,
/mucho.
Comerme todo, siempre, mucho.
Admirar el río como si fuera parte de mí, cuando pude,
/mucho.
Bajarme del avión para ir directo a la playa, cuando estaba
/abierta, siempre.
Reírme tan alto que hacía reír a los que me escuchaban al
/otro lado, inesperadamente.
Amar como si fuera lo único que hay que hacer, siempre.
Observar con detenimiento la felicidad de mi perro como si
/fuera un fenómeno supernatural, todavía.
Escribir cartas y postales a mis seres queridxs,
/espontáneamente, siempre.
Andar por todas partes como y cuando me diera la gana,
/desde que nací.
Ser libre, aún.

Cosas que me arrepiento de no haber hecho mientras estoy
/en soledad impuesta:

Darte un abrazo ayer.
Romper todas las reglas en el día 48.
Vivirte como si fuera otra época.

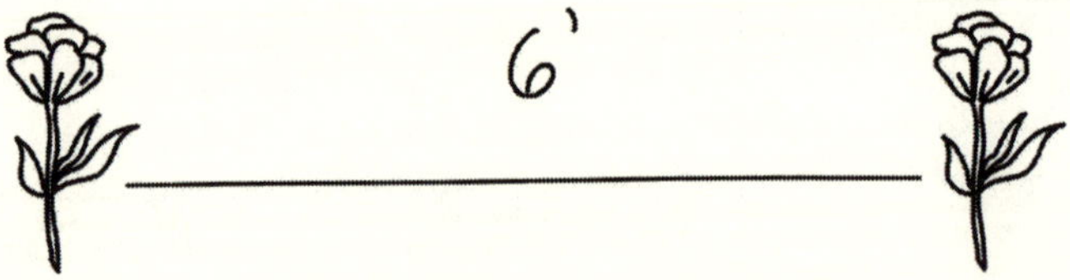

Suspenso

La adrenalina de no saber si duraré un día más aquí sustituye todo lo demás.

mar
mar
mar
mar
mar
mar
mar
mar
mar
mar
mar
mar
mar
mar
mar
mar
mar
mar
mar
mar

Sin tacto

Ser mujer, mal
ser latina, mal
ser puertorriqueña, mal
ser fuerte, mal
ser independiente, mal
ser soltera, mal
ser sin reproducirme, mal
ser con ganas, mal
ser sin querer, mal
ser con voz, mal
ser desplazada, mal.

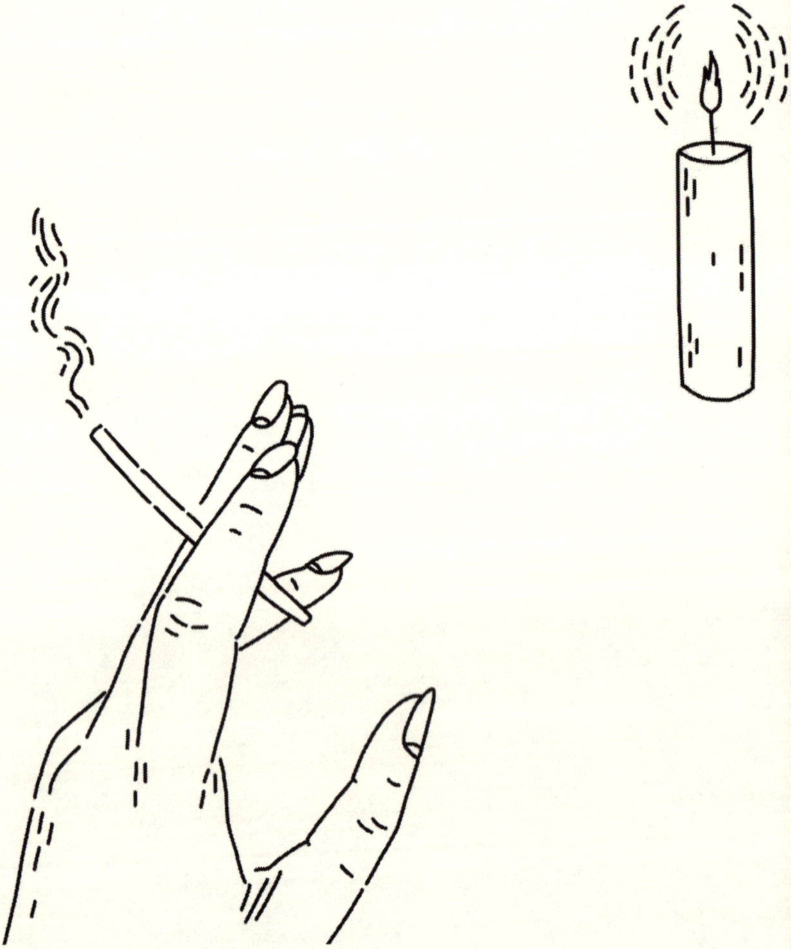

Espiritista

A ti te conocí uno de esos días solitarios de invierno en
/Berkeley, cuando me detuve en la botánica con la
bandera de Puerto Rico, que llevaba viendo desde hacía
/nueve años pero donde aún no había entrado.

No sé cómo pasó, pero después hablé con tu hija y me dijo
/que tú hacías muchas de las cosas que hago yo:
sahumerios, rituales, brujería.
Hubiera querido verte desplazándote por tu casa con la
/gracia de quien sabe cómo andar entre mundos.

Pero cuando te conocí ya habías muerto, hacía exactamente
/50 años.
Moriste de cáncer, fumabas como yo.
Tenías carácter, eras jefa de casa.
La biología dice que eras mi abuela de adopción,
pero creo que eres mi abuela de espíritu.

El día que te conocí confirmé que eras espiritista porque mi
/mamá me recordó un indio que dejaste en tu
casa.
Luego, fui a hablar con el señor de la botánica y entendí.
Te compré una vela para que me protegieras.
Creo que incluso me visitaste para decirme que todo iba a
/estar bien unos meses antes.

Hubiera querido sentarme contigo en este balcón a darme
/un gare,
y abrazar tu espíritu en medio de este desastre.

La única utopía que queda

Despedirse de una amiga que no sabes cuándo volverás a ver
sin poder darle un abrazo es:
una tragedia.

No saber cuándo vas a volver a ver amigxs de los que
te despediste con un abrazo es:
una tragedia.

No saber cuándo podrás volver a abrazar a un extraño es:
una tragedia.

Saber que puedo abrazar a mi perro todas las mañanas es:
la única utopía que queda.

Encierro

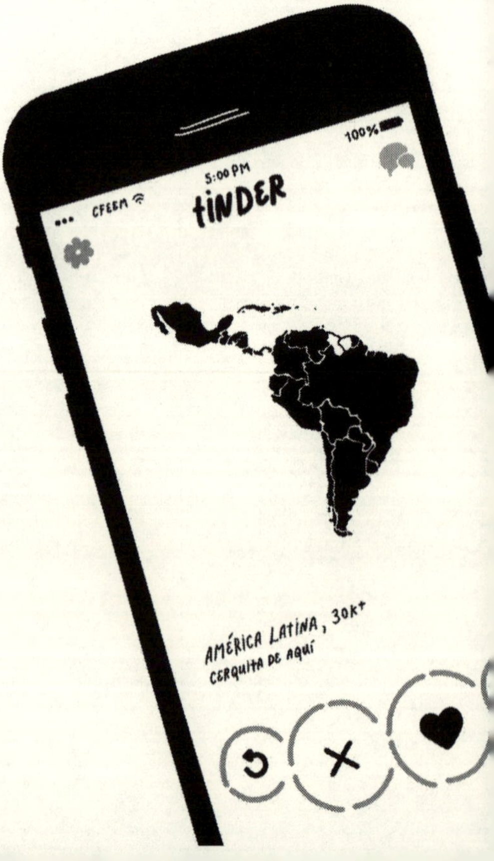

CFEEM
5:00 PM
100%
tinder
AMÉRICA LATINA, 30K+
CERQUITA DE AQUÍ

Nuestra América

Todo empezó con el *latin lover,*
y un chiste sobre Martí.
Bueno, sería más lindo decir:
todo empezó con el *latin lover.*

Pero en realidad, todo empezó mucho antes
y el *latin lover* es un personaje
que, como señala Borges en algún cuento,
es muchos otros personajes.

Entonces, todo empezó con el *latin lover.*
Pero en realidad, todo empezó mucho antes,
cuando a los 30 años
aunque mi carrera iba muy bien,
mi vida amorosa volvió a partirse en cantos.

Todo empezó cuando mi relación de tres o cuatro años
/terminó porque
mi pareja no quería tener hijos, dado que no habría vida
/marina en 10 años.

Y entonces, ahí empezó lo del *latin lover,*
fundador de Nuestra América.
Nuestra América es una ficción sexual por todos los países
/latinoamericanos,
el *latin lover* es un *sex symbol.*

Nuestra América ahora también está en cuarentena.

Literatura

La escritura es una metáfora.
La poesía es una metáfora.

El alcohol es una metáfora.
El tabaco es una metáfora.

La ansiedad es una metáfora.
La depresión es una metáfora.

La vida es una metáfora.

La metáfora es una figura poética a través de la cual se
/representa algo
que no es el significante.

De algo sirve la literatura, supongo.

Trauma

El trauma es como un defecto genético que infecta el
/entrehueso.
Un evento traumático es casi cualquier cosa.

Por ejemplo,
una caída puede causar un trauma en el lugar de impacto,
un amante abusador puede traumatizar a la persona que
/subyuga,
una dictadura puede traumatizar un cabronal de gente,
y más gente, después de esa gente.

Todo ante lo cual la caída que traumatiza una rodilla parece
/insignificante.
Todo ante lo cual el trauma de una niña que cae entre dos,
pareciera un punto en el infinito del universo.

Pero punto al fin, que hecho de materia
ni se destruye ni se crea,
está ahí,
en el entrehueso,
en la genética.

Y como todo trauma al final de una oración, todos lo olvidamos.
Porque como todo buen idiota ser humano,
la fascinación por repetir las mismas cláusulas del pasado
nos mantiene indeleblemente traumatizados.

Pichea

Pichaste.
¿Cómo se dice pichaste en inglés?
No sé.
Pero pichaste,
y yo también.

bye
bye
bye
bye
bye
bye
bye
bye
bye

Color lila

Tengo un hijo.
Por muchos años había deseado una hija,
tanto,
que me costó vidas imaginadas, heridas, temporadas perdidas.

Pero un año amaneció lloviendo cenizas,
y luego otro año,
y otro año, y otro año.
Y yo, que ya no estaba respirando,
olvidé todo lo que había deseado.

Y mi hijo,
me seguía abrazando.
Yo no había imaginado que este fuera el limbo,
ni que fuera así el desarraigo.

Que el limbo fuera un purgatorio anaranjado
donde se leen sonetos bajo lluvias de cenizas,
y se respira color lila,
encerrados.

Y sobre mi hijo,
pues tampoco sabía que tenía un hijo hasta que llegué al
/purgatorio.
Y de su pata me llevó encadenada,
por cada uno de los círculos,
rompiendo esquemas por las capas que ya anunciaban un fin.

Apertura

Bienvenida al fin del mundo

Llego a ti como alguien que
ya olvidó cómo te veías.
En la oscuridad no alcanzo a
ver las metáforas clichosas que
alumbran el fin del mundo.

Es el fin porque el tiempo se deshace
si nos perdemos en un poema.
Es el comienzo porque poco a poco vuelvo
a aprender cómo se sentía.

Pensé, quizás, que ya no había poesía,
pero la bienvenida al final se siente como una sinalefa,
como dos vocales que se unen en un poema viejo.

No importa el mundo ya
si lo que quiero es que sigamos juntando vocales
verso tras verso,
hasta que desaparezcan todas las sílabas
y que descanses tus imágenes sobre mi isla.

Que nuestras rimas se abracen hasta que pueda volverte a ver.

Y cuando te vea de nuevo ya no importará que el mundo se
/haya acabado ayer.

Solo las metáforas clichosas,
las sílabas unidas,
las rimas abrazadas,
que me recuerdan que aún hay poesía por hacer,
que me recuerdan que
aunque todo se extinga
la poesía siempre vuelve a ser.

Tumbacoco del virus

El laboratorio me pide un referido.
Pregunto por qué carajo un referido a mis amigos.
Me dicen que no saben, que para reportar al gobierno quizás,
que algo, que qué sé yo, que desinformación.
Pregunto si saben de alguno que no requiere referido,
la prueba se convierte entonces en un proyecto colectivo.

Vamos buscando pistas.
Yo no tengo referido porque recién llego
y no tengo plan médico.
O más bien, sí tengo, pero no lo puedo usar aquí,
perks of being a colony.
Hace un mes sí podía usar mi plan médico pero no lo
/necesitaba
para esto:
un *kit*, un *q-tip*, métetelo por la nariz, luego deposítalo allí,
me había anotado un día antes en una página *web*,
un proyecto sencillo que no requirió consultar a ni un solo
/amigo.
Estoy de vuelta a la isla,
y he decidido que lo voy a asumir.
Continúa el proyecto colectivo.
Laboratorio, no hay.
Aplicador, no hay.
Algodón, no hay.
Ventanita, no hay.
Test, no hay.
Autoservicio, no hay.
Alcohol, sí hay.
Pausa: hacía 9 meses que no veía alcohol.

He decidido volver a la isla,
respiro,
con dificultad.
He decidido asumir,
con mi mascarilla puesta,
que el caos me dé igual.

"ALL CITIZENSHIP SHOULD BE AT HOME BY 10PM. ANYONE WHO BREAKS THE LAW AND ORDER FACES A FINE OF $100.
RECORDAMOS A TODOS LOS COMERCIANTES QUE ESTÁ EN EFECTO UNA ORDEN EJECUTIVA".

Gris

Nunca me había ofuscado el color gris,
Es el color de la acera, del asfalto, del cielo cubierto por aire
tóxico que te sofocaría si intentaras respirarlo.
Dependiendo de dónde se encuentre,
gris es equitativo a poder ser
todo o nada.

El gris casi siempre es un presagio de algo ni muy bueno ni
/muy malo.
Por ejemplo, mi sofá gris no es mejor que el sofá marrón,
aunque también odié mi sofá marrón durante años.
Se puede odiar un sofá aunque no sea gris,
pero el odio es un sentimiento grisáceo.

Hoy me obsesiona el color gris porque me dijiste que tu
/corazón no luce rojo.
El rojo es el opuesto del gris y es todo lo que el gris nunca
/podrá ser.

El rojo es el color de los altos, de las flores chiquitas al lado
/de la acera,
del cielo cubierto por la luz del amanecer,
bien temprano,
cuando este lugar aun parece deshabitado.
Dependiendo dónde se ponga, rojo es equitativo a poder ser
todo,
a menos que sea interceptado por la
nada.

El rojo siempre es un presagio de algo demasiado bueno,
de pesimismo optimista,
de causas perdidas,
de que el universo pensó en crear al menos un puto color
/para las latinas
como leí en un libro machista hace dos días.
Por ejemplo, mi corazón rojo no es mejor que un corazón gris,
pero sé que nunca lo he odiado tanto como a mis dos sofás.
No se puede odiar un corazón rojo.

Hoy pensé que en la gama no está el color gris.
Incluso lo googlié.
Y no está.
Por eso quizás nunca me ha encantado,
es como un color que está ahí sin estarlo,
un color inventado por los todo/nadas insignificantes del
/diario.

El calor del café haciéndose en mi costado

Sentir el calor del café haciéndose en mi costado,
mientras pasan tantas otras cosas.
Pero no hay otra forma de saber si estamos vivas,
si estoy aquí,
si estamos muertas.

Y, sin embargo, hay tantas que nunca volvieron a sentir
el calor del café hacerse en su costado,
y quisiera darles mi greca.
Irme yo y que vuelvan ellas.
Pero es que el calor del café haciéndose en mi costado no me
/deja.

En ese costado tengo unos versos escritos
junto a una hormiga que no sé cómo llegó ahí.
Los versos los escribí hace mucho tiempo
y nunca los recuerdo:

La fijación con los monstruos solo es comprendida a través
/de la huida.

Entonces, cuando el café se termina de colar a mi costado,
le sirvo una taza a los monstruos
y aquí nos quedamos.

El *billboard* de Condado

—Este es el informe diario de Sara Alert para YR-32. ¿Está usted sintiendo uno o más de los siguientes síntomas hoy? Tos, problemas para respirar, pérdida reciente del olfato, pérdida reciente del gusto, falta de aire, fiebre, temblores y escalofríos, dolor muscular, dolor de cabeza, dolor de garganta, náusea o vómitos, diarrea, fatiga, congestión nasal o un exceso de moco en la nariz. Responda con "Sí" o "No".

—Hola, Sara. Hablando claro, ¿cuánta gente te responde? Y si te dicen que sí, ¿cómo procedes? ¿Los gringos se reportan antes o después que abarrotan la placita? ¿Dónde está el servidor que almacena todos estos datos? Moriría por revolcarme en él. Mira, pues nada, hoy es mi segundo día aquí, creo que me va bien. Extraño mis cosas de la cocina y aún no desempaco las maletas. Sé que una de seguro estará ahí hasta el sábado, te doy el *update* cuando me escribas ese día.

Este lugar no es perfecto, pero está *cool*. Justo desde el mirador veo un *billboard* gigante en un edificio que lee: #yhlqmdlg. También lo veo a través de la ventana cuando me siento en la mesa a comer. ¿Sabes lo que significa? Seguro sabes. Yo lo leo una y otra vez como un mantra y me cuestiono si verdaderamente hago lo que me da la gana. ¿Habrá alguien que verdaderamente haga lo que le dé la gana? En teoría sí, pero en la práctica...bueno, tú sabes cómo es la práctica.

Cuando desperté esta mañana me hice un café con una máquina que tenían aquí, que no sé usar muy bien. Me lo serví, lo olí, agarré la taza caliente y me tiré en la hamaca que traje en mi maleta. Contemplé el *billboard* como por veinte minutos mientras bebía café. Leí el *hashtag* una y otra vez.

Yo hago lo que me da la gana. ¿Yo hago lo que me da la gana? Yo hago lo que me da la gana. ¿Yo hago lo que me da la gana? Yo hago lo que me da la gana. ¿Yo hago lo que me da la gana?

Yo creo que sí. O sea, en realidad todo el mundo hace lo que le da la gana, ¿no? Lo que no hace todo el mundo es perrear sola, eso sí que no, por más que les gusta cantar la cancioncita y todo.

Sara, ¿tú haces lo que te da la gana o perreas sola?

—No, yo hago lo que me pida la administración colonial y eso es solamente asegurarme de la estabilización de los *ciborgs* luego de su re-entrada. Pero sí, perreo sola.

Un cuartito con diez años

Provocadora enfermedad.
Un taco en la garganta.
Unas ganas de llorar
y el llanto.
Son dos cosas,
separadas.

El virus viejo.
El virus toxicidad.
El virus reproduciéndose desde hace siglos,
milenios.

Todos lo portamos.
Todos aportamos.
Todos lo soportamos,
hasta el día en que no haya más
enfermedad.

Las ganas siguen ahí.
Mis tacos, en un storage,
bien guardaditos,
bien lejos de mí,
para no regresar al lugar de donde ya volví.

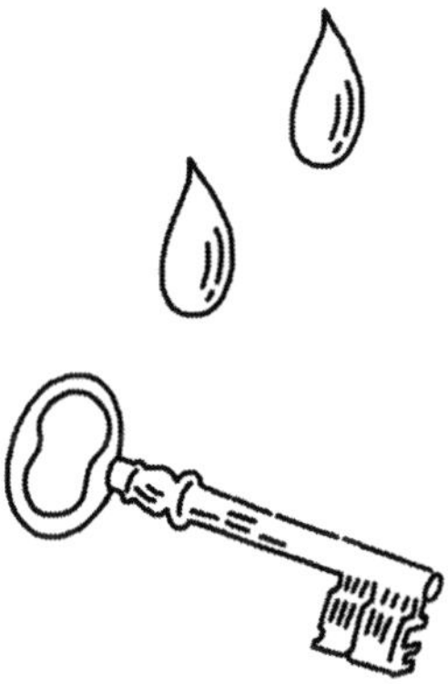

La otra epidemia

Estamos suicidas
estamos neuróticas
estamos histéricas
estamos escuetas
estamos hartas
estamos respirando.
Y tú, ¿cómo estás?
Tú ya no estás.

Y aquello que se pudo haber evitado
aunque no se tratara de matarnos
nos mata igual
nos rompe una piececita más de las miles
y miles
y miles
y miles
que nos han aplastado desde el día en que se redactó nuestra
/carta astral.

Y el macharrán que mata no es el único macharrán,

hay también macharranes menos honestos pero igual de
/cobardes,
que usan la demagogia como arte para destruir y desaparecer
partículas de seres que no se encuentran en sí.
Lo que guardan ambos en común es no tener los cojones de
/dar la cara y de asumir.

No te preocupes, papi,
que yo asumo por ti.
Asumiré que tienes el ego demasiado grande y el cerebro
/extremadamente pequeño,
que la masculinidad tóxica ha invadido cada una de tus
/neuronas para hacerte creer que estás bien.
Asumiré que tu pequeñez pide a gritos pisotear a otras para
/sentirte un poquito más grande,
que tu cobardía no te deja admitir tu responsabilidad ni tu
/irresponsabilidad.

El macharrán que mata no es el único macharrán.
También es macharrán
el que miente
el que engaña
el que destruye autoestimas
el que intoxica con su masculinidad
el que no sabe mantener su pene adentro de los pantalones
el que te dice que te lo imaginaste
el que no te habla claro
el que te usa
el que no sabe ver a las mujeres más allá de su objetivo
el que insulta.
Y la sociedad que lo mantiene impune.

Estamos suicidas
estamos neuróticas
estamos histéricas
estamos escuetas
estamos hartas
estamos respirando.
Y tú, ¿cómo estás?
Tú ya no estás.

Femicidios

Me puse mis *Airpods*
y seguí caminando.
Me alejé de mi *iPhone*
pero nunca paré de escuchar
gusanos.

En la isla donde nací
solo puedo hablar con metáforas.

En la isla donde nací,
odian a las mujeres
y los hombres prefieren orquestar un suicidio colectivo
antes que disculparse,
asumir responsabilidad.

En la isla donde nací,
se me acaban las palabras,
me vuelvo *silent*,
me convierto en *silence*.

En
la
isla
donde
nací
las mujeres no existen.

En
la
isla
que me atraviesa mientras el mundo se acaba,
para matar a todas las mujeres odiadas dos veces que habitan
/en mí,
yo no nací.

En la isla donde nos mataron,
fui forzada a morir
para que todo pudiera hacer sentido,

se me acaban las palabras,
se quiebra el lenguaje.

Abuela
madre
yo
mi amiga
mi otra amiga
la amiga de mi amiga
la amiga de la amiga que aun no conozco
la amiga que no conozco aún

todas asesinadas dos veces,
odiadas dos veces,
por la glorificación de un agresor.

(Siento mucho tu pérdida).

Matada
asesinada
desmembrada
quemada
borrada
repetidamente hasta el final de los tiempos.

En
la
isla
donde
nací
muerta
busco su rostro en el espejo
como quien se quiere traer de vuelta.

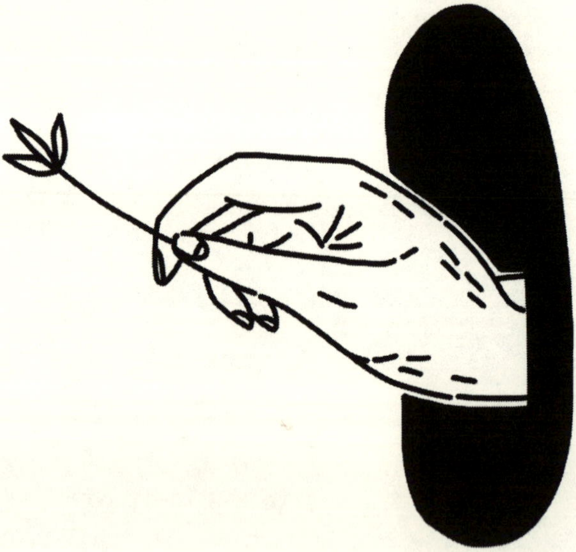

Vomitar poesía

Hoy desperté y vomité otro poema.

Los poemas son así,
llegan de imprevisto
mientras te lavas los dientes
y en el momento exacto
cuando se cuela la última gota de café.

Llegan sin que nadie los haya invitado
o te asaltan en medio de la calle
bajo el sol de las 12,
que derrocha la posibilidad de articular cualquier pensamiento.

A veces vomito un poema a medianoche,
y luego continúo vomitando
como la niña del exorcista
hasta que sale el sol y ya es sábado.

Los poemas son así,
llegan violentamente
a decirnos lo que preferiríamos no escuchar
mientras te peinas el pelo
y en el momento exacto
cuando termina de tostarse el pan.

Salen del silencio que incomoda
en una conversación en la que no se sabe qué decir
porque la ansiedad de sentir
desarticula cualquier posibilidad de la palabra.

A veces callo
para poder escuchar
un poema encaramarse por mi espalda,
entrar por mi oído,
y luego vomitarlo la próxima mañana.

Los poemas son así,
vómito poesía en papelitos
que se quedan por ahí,
y luego los voy recolectando como quien busca encontrar
/misterios de sí
y transcribirlos en un todo que nunca llega a ser.

A veces quiero silencio
pero las voces en mi cabeza
no cesan,
no descansan,
no se toman vacaciones
y no me dejan.
Y quisiera tenerlo todo,
el silencio
pero nunca llega.

Los poemas son así,
partes de un todo que nunca llega a ser,
toda una vida siempre *in medias res*.

Robots necios

Un poema de Sor Juana leído por Google Home
avisa que la poesía irrelevante y vieja,
ahora es declamada por robots.

Sci-Fi at the Mirador

Yairamarén Maldonado

flamboyán

Foreword

Amidst the Rubble of Humanity: Toward a Viral Poetics in *Sci-Fi at the Mirador*

David Tenorio

"I thought that slow death was an island-colony drowning since 1898", writes the author while plunging into a postapocalyptic world, on an island no longer only dominated by an imperial imposition, but also by a contagious post-humanity. *Sci-Fi at the Mirador* fills in a gap in 21st-century Puerto Rican literary production in several ways. On the one hand, a feminist drive is renewed, a situated knowledge stemming from an understanding of what means to become a woman and what makes the feminization of work precarious. Gaining consciousness as body-territory is not a void metaphor but materially embodies the complexities of a devastated global south, exploited, and looted at the hands of a global north that does not necessarily exists in the distance but rather shares the same geographical coordinates. On the same island where the commodification of women's bodies screams "on the *billboards* in Condado," coexists a wave of femicides and violence against the vast territories of the feminine. On the other hand, the posthuman condition is broadly announced, recognizing that modernity's subject, that white mestizo, thinking, civilizing, heterosexual, and Judeo-Christian man, suspended in an endless state of crisis, has vanished in the toxicity of his own narcissism, of his impetus to seize all life forms, of falling into the illusion of being the crown jewel of a monarchy of self-preservation. Simply put, we witness the fading of toxic masculinity.

The juxtaposition of images that upholster Maldonado's poetry exceeds both, the impossible nationalist insularity, and the politicized imperial statism, blurring the feeling of boredom and disenchantment. The free verses rehearse what Yolanda Martínez-San Miguel and Michelle Stephens call "archipelagic thinking", an epistemology of scattered fragments that, curiously, share an insular condition and, at the same time, a desire for transformation. In the case of Maldonado, however, thinking is not the only way to face the present paradigm; feeling also emerges as a mode of activating a bodily sensorium to come into terms with an order defined by technological immediacy, digital patrolling, and mediated carnality. And, despite everything, feeling answers the urgent call for contact and intimacy with other bodies, other beings, other materialities. In this sense, posthumanism, that critique of anthropocentrism whose ebbs began to be felt at the end of the 70s in the wake of activist resistance, resonates through the contact zones of *Sci-Fi at the Mirador*. We thus attend to a kind of poetic virality, or what I call here a viral poetics, which joins the cultural projects of Lina Meruane, Jorge Enrique Lage or Rita Indiana, to name but a few. In this foreword, I later examine some aspects of Yairamarén Maldonado's viral poetics; for now, it suffices to know that the criticism of Western humanism, environmental collapse, human disconnection/connection, the digital sphere, the consolidation of techno-capitalism along with the COVID-19 and femicide pandemics, among other pressing issues, shape and affect a strand of cultural production, including Maldonado's, that understands a complex reality not only pounding our daily lives but also tracing the coordinates of a new paradigm of Caribbean cultural becoming and, by extension, of the Americas.

Just as Verónica Gago situates the powerful collective action of striking as a feminist mode of situated knowledge, that is, "a practical tool for political research and a process capable of building *transversality* between radically different bodies, conflicts and territories" (2019, 18), Yairamarén Maldonado conversely fathoms poetry and literary creation as a method of political research as well as an archive of feelings located in a changing material insularity. In this sense, the body does not appear as a simple poetic metaphor, but rather becomes a container for boredom and anger amidst the constant patrolling characterizing technocapitalism's pademic era. According to Gago, the legacy of rebellion has shown that "the power of thought always has a body" (2019, 15). Certainly, one of these rebellions follows Maldonado's poetic spell. In "Throwing Up Poetry", for example, the author manifests that *always* as a drive of poetic fabulation,

> I woke up today and threw up another poem.
>
> [...]
>
> Poems are like that,
> parts of a whole that never becomes,
> an entire life forever *in medias res*.

But this poetic drive does not spring up from hesitant solipsism in the bourgeois literary gatherings in Guaynabo, but from a feminist collective that resents the violence imposed by an order that normalizes disappearance and death, and that allows "the island of enchantment" to be turned into the island of death, where language is pure entelechy,

On the island where we were killed,
I was forced to die,
so that everything could make sense,
I run out of words
se quiebra el lenguaje.

[...]

On
the
island
where
I
was
born
already
dead
I look for her face on the mirror
as someone who wants to bring herself back.

In searching for her face in the mirror, in remembering the disappeared and naming the forgotten, old effigies and past idols are broken: *Nuestra América* is nothing more than a sexual fiction, an invention of revolutionary virility that plunges into the epidemic of femicide, where survival, as a utopian drive, is rehearsed every day when smelling the morning coffee, feeling a furry dog, letting oneself be carried away by the chromatic range of gray or lilac, and when dealing with everyday trauma. In a world that is falling apart, Maldonado reminds us of the intertwined meaning of verses, and bodies, echoing a "situated thinking" which, in this case, translates into writing from the skin: "For this reason, situating oneself is also composing oneself with a machine of conversations between colleagues, stories and texts from many places and from many times" (Gago 2019, 15).

In reclaiming the territory of the body, Maldonado inverts the politics of space by debunking the myths of nationalism and collective belonging. Throughout the last two centuries, Puerto Rican cultural production has been marked by the experiences of diaspora, exile, migration, displacement, and by the flows of global capitalism, exposing "the constitutive heterogeneity of the national" (Martínez-San Miguel, 2006). As such, Maldonado follows other trajectories that map out a less conventional Caribbean-ness than those located in regions such as New York, New Jersey, Atlanta, or Miami, moving away from the so-called "East Coast," cradle of the *Nuyorican movement*, or the cultural activism of Víctor Fragoso, Sandra María Estévez, Piri Thomas or Tato Laviera, or the poetics of Áurea María Sotomayor, Raquel Salas Rivera or the CantoMundo collective, which have contributed to the formation of a multiple Latinidad. In the poem "Espiritista," for example, from the Pacific shores of Berkeley, California, the Puerto Rican flag is raised in a gesture of longing, while at the same time, blurring the imaginaries that have historically delimited Puerto Rican-ness. In her analysis of the poetics of Central American-American EpiCentro collective, Maritza Cárdenas signals that "as a metaphor for an EpiCentro identity, this diasporic subjectivity is framed as transregional, and contentious but generative," alluding to a series of geographical traits that commonly characterize the Central American region and that appear in the cultural production of Central American-Americans. Cárdenas thus argues, "Tectonic plates and fault lines spatially and temporally exceed borders and physical parameters" (2013, 126). If the tectonic plates and faults resemble Central American migrations and displacements in EpiCentro's poetry,

Maldonado's verses are drenched in an insularity from which some metaphors emerge around Caribbean-ness, such as the boardwalk. A liminal space between land and sea functioning as a transregional identity that, as Cárdenas puts it, bridges two spaces thought of as politically and ideologically disconnected. Within this liminality, the Caribbean boardwalk rises like a foamy tide in the beaches of Santa Monica, Long Beach, or San Francisco, where Bad Bunny's "Yo perreo sola" plays loud through a portable speaker next to a sunbathing beach patch, where the echoes of an Afrodiasporic spirituality, moving through the rhythms of *baquiné*, bring out the sound of tamboras and bongo drums. The collection of poems find resonance with what Puerto Rican food critic Illyanna Masionet calls, "Diasporican." Through spells and incantations, Maldonado's verses reveal a past confession and, from a distance, deal with the absence of words, of unsaid residues dragged until the here and now, invoking the spirits that lead to a sort of revelation.

Time and space appear as themes in Maldonado's poetry and reflecting on the pandemic era becomes even more vital. According to Annu Dahiya, the coronavirus is not only understood as an unpredictable disease but also as a mode of relationality. It is the risk of contagion that triggers fear and aversion to establishing contact with the ecosystem: "We confront and are confronted by our materiality and vulnerability when our lives are threatened through touch. We become aware of touch and tactility when we should fear all contact. Touch is unavoidable; it is the condition of possibility for all of the other senses and perception in its most fundamental sense" (2020). It is through touch that Dahiya perceives a way of subverting the tyrannical regime of Western visuality and its visions (2020). In this sense, Maldonado's poetry literally enacts touch, contact and the impossibility of existing, something that late American philosopher Lauren Berlant called, "slow death," which appears in one of the poems in the section "Virus." Berlant attributes the gradual advance of death to the dynamics of globalization and legislative state regulations, which make the living conditions of the worker even more precarious

> But, for most, the overwhelming present is less well symbolized by energizing images of sustainable life, less guaranteed than ever by the glorious promise of bodily longevity and social security, than it is expressed in regimes of exhausted practical sovereignty, lateral agency, and, sometimes, counterabsorption in episodic refreshment, for example, in sex, or spacing out, or food that is not for thought (2007: 780).

Maldonado's collection of poems describes a posthuman and postapocalyptic world defined by the monotonous rhythms of work and capital. Amidst the precarity of everyday life, the verses echo the formulations of Félix Guattari and Gilles Deleuze, and Donna J. Haraway, on the body-machine and the cyborg, respectively:

> Five: Machine.
> The body sits ergonomically in front of a screen,
> she decides to never again go outside,
> to avoid killing more humans
> and she stays there,
> locked up,
> her heart feeds on 5G
> and her eyes consume other cyborgs through falsified pixels.

In turning from subject to code, from Yairamaren to YR-32 —a number randomly assigned by Puerto Rico's Health Department upon arrival in the context of the COVID-19 pandemic—, a connection between body and machine is realized. Through this symbiosis, the metaphorical references leave out images of industrial mechanics, to crowd imaginaries instead with digital revolution's imagery. Networks, pixels, screens, and servers are integrated into a posthuman anatomy. Anchored in this "actual end of the world," the wear and tear are not only physical; capitalist extraction operates on a material as well as an emotional level. Energetic exhaustion taking place when being "in front of a screen" transforms the methods of production, opening other frequencies that feed on the vulnerabilities of the body-mind. Faced with the complex precarization of life, the meaning of the virus becomes multiple since there are now threats of biopolitical and bioinformatic contagion. With the increase in cyber attacks, computer security sharpens a monetized biopolitics that supposedly serves to better protect private data through technological devices such as facial recognition, retina readers and fingerprints when trying to access cell phones or online bank accounts. Bioinformatics also moves toward a material control and, thus, the so-called human body becomes one more node, only another vector of connectivity within the digital swarm. As part of a digital network, the collection of poems also points to a bodily fragmentation through short verses; the traditional forms of metric no longer operate in the flow of an information frenzy; algorithmic logics guide other modes of prediction. And despite being immersed in the network, Maldonado breaks with the logic of bioinformatic control, fumbling towards a nihilism of language:

> The world doesn't matter anymore
> if what I want is that we continue merging vowels
> verse after verse,
> until all the syllables disappear
> and may you rest your images over my island.

“Sci-Fi at the Mirador,” one of the poems that make up the “Virus” section, yields the key to Maldonado’s poetry. In “the mechanical graft,” a new way of perceiving disenchantment, loneliness and boredom emerges, responding to a sense of disconnection that had been brewing with the advent of neoliberalism, but that has accelerated since the arrival of the coronavirus pandemic in March 2020. Amidst the disconnection defining the pandemic era, words seek to find new meanings, since all referents as well as usual conventions, are now outdated and inoperative. The need to breathe, thus, is not only equivalent to a struggle to exist but also to a search for new meanings that allow us to face an everchanging reality: “We wish we could breathe. We think we can breathe. But we’re only buried under the shadows of ninety-degree glass that may not let the viral particles out.”

Looping back to what Dahiya mentions, the sense of touch and the ability to contact acquire specific potency in the pandemic era. If we exist beside and within capitalist exploitation and digital immediacy, the possibility of establishing contact is made more complex by paranoia, by fear of contagion. Becoming infected with a deadly virus activates a series of biocontrol sensors that regulate the how, when, where, and why of our movement, breath, and intimacy. If touch imprints a certain level of intimacy, the pandemic blurs the distinction of what is public and what is private; the public is also the personal and, following Maldonado’s poetic proposal, the public as it becomes viral is also political. When facing a new biosocial and political order that imparts scarcity, daily patrolling and fear of contagion, Maldonado conjures up metaphors that try to make sense of the nonsense that surrounds us. But this making sense is not based on absolute truths, but on daily cavitation that affects us and infects us with certain emotion: boredom, disenchantment, fear, worrying, or hope,

> If I had known that the future would be like this,
> I would've done less of what I opted to do
> And more of everything that I left behind.
>
> It's another lie, like the one of my dog in the bathtub.
> I knew this would be the future,
> and I did absolutely everything I needed to do so that when I
> /found myself in this place
> I would always choose myself first,
> the only one left
> for the end.

Writing is not only rooted in the carnality of the body, but also resents the daily patrolling that confronts us, spreading the spirit of resistance like a fire seeking oxygen to spark and burn everything (Gago, *Without air there is no fire,* 2020). If poetry is the vessel of an ancestral fire, of another way of feeling, of understanding and approaching the world, Maldonado turns that fire into a viral force of renewal. Thus, we sink into a viral poetics as each poem extends its affective bonds toward its reader, while inviting us to keep searching for spaces, although liminal, where we can breathe amidst the rubble of humanity.

DAVID TENORIO
University of Pittsburg

Sci-Fi at the Mirador

Yairamarén Maldonado

Virus

YR-32

I thought slow death was an island-colony drowning since 1898.

But then, I learned about fatal orange purgatories where we're forced to deconstruct sonnets under ash rains, to breathe purple, to produce in the midst of disaster.

We wish we could breathe. We think we can breathe. But we're only buried under the shadows of ninety-degree glass that may not let the viral particles out.

And we hold our breath.

I fear that if I crack open a window, I will soon return to slow death.

—This is the Sara Alert daily report for: YR-32. Is this person experiencing any of the following symptoms: cough, difficulty breathing, new loss of smell, new loss of taste, shortness of breath, fever, chills, repeated shaking with chills, muscle pain, headache, sore throat, nausea or vomiting, diarrhea, fatigue, congestion or runny nose. Please reply with "Yes" or "No".

—Hola, Sara. Thanks for my new name, it almost makes me feel as if I could remake myself upon returning to slow death. I've had difficulties breathing since I left, so I'm sure it's unrelated to the virus.

I catch my breath intermittently. Except when I see a family of gringos without their masks on the sidewalk while the masked Puerto Rican youth push the elderly on wheelchairs.

And we hold our breath.

They're here to kill us, they always have been. My chest tightens knowing that you're just a machine that holds this slow death.

And my friends put on their masks first before helping me catch my breath. They plug me to the cell, my care network. Collectively, we've lost all our senses and we've shared the muscle pains of coloniality, for decades. But our cell contains signs of indestructible resistance to your programmer's ceaseless strangling.

And we hold our breath.

I'm not who I was when I left, I'm fatigued and shake at the sight of rain. My cell didn't know I would be renamed upon my return. They don't know I am YR-32 now so I introduce myself again in the cell we created before the end of the world.

I tell them that I saw this slow death while I was out as well. That slow death follows us everywhere because we weren't born in a place, we were born into this slow death, unworthy of living.

And we hold our breath.

And, in spite of itself, in this slow death, the sun shines, the rain cleanses, there's clean air in my lungs. There aren't any ashes nor purple air, there aren't any belabored words to deconstruct sonnets in simulations of the end of the world.

They were shaken by my optimism as if it were a matter of having chills. So I put on my mask before helping them. Sara, are you there? Are you listening to my virus report? Are you reporting back that the virus is in them, the bureaucrats who programmed you, and not in us? Can you ask them to let us breathe? Please reply with "Yes" or "No".

—No, coloniality can't be indexed once you've been assigned your cyborg name upon return.

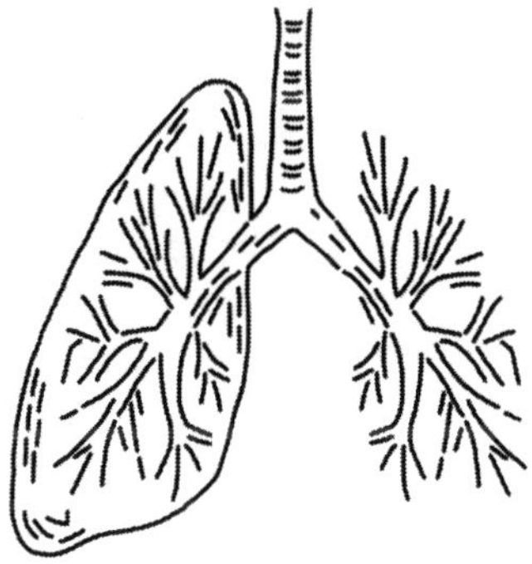

Sci-Fi at the Mirador

One: A body.
Biological,
that came out of the semen that colonized an egg.

Two: Commodified.
Then, that body that came out of the colonized egg
turned into a commodity like the ones announced on
/billboards in *Condado*.

Three: Subhuman.
More commodity than human,
that body juxtaposes others more or less like it,
commodities or antihuman things.

Four: Alone.
In reality, that body is now there in solitude.
Attempting to teach antihumans how to speak,
but it's easier to speak to a machine.

Five: Machine.
The body sits ergonomically in front of a screen,
she decides to never again go outside,
to avoid killing more humans,
and she stays there,
locked up,
her heart feeds on 5G
and her eyes consume other cyborgs through falsified pixels.

Six: Cyborg.
Mechanical graft,
that came out of the sci-fi at the *mirador*.

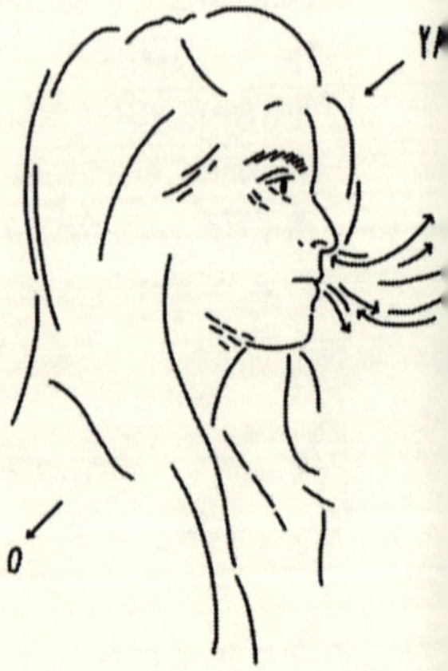

Patient Zero

On the sidewalk,
on the side of the sidewalk,
there's a bag full of balls
of those ones, the kind used in pools.

I don't know what they are called in English,
but I tell my friend
that the worst part of the pandemic
is not being able to bring the balls home.

Why? For what?
she asks.
I tell her just cause,
because I would like to take them
in case they become vintage objects.

I don't know how to name their use in English either
so I explain it to her through extensive descriptions.
I don't know what use they would have at my home,
maybe to decorate or as a souvenir of better times.

When she suggests I could clean them, I tell her:
But imagine they have the virus,
no, imagine they have a new virus,
the next pandemic's virus,
and I bring them home
and I'm patient zero of the virus of the actual end of the world.

She suggests that could be a good premise for a sci-fi novel.
I tell her a short story, if anything.
But in reality it will only be this poem,
and the following one.

The balls were no longer there when I came back,
but a few days later,
while awake in the middle of the night,
I found a *piscina de bolas* that was ambushing me.

Piscina de bolas

Let's imagine I did bring the balls home.
That I put them in my bathtub with water and soap.
That the soap triggered a chemical reaction
unknown to me, and this unleashed a mutation.
I, cluelessly, used the *piscina de bolas* to entertain my dog.
That, for example, is fiction because my dog hates water and
/the bathtub.
But let's imagine he enjoyed his new *piscina de bolas*.
Then, he contracted the mutation.
Afterwards, when he sat on my lap as he typically does around
/nine, he transmitted it to me
telepathically.
Now, the mutation is in my brain.
Let's imagine that I don't know it's in my brain.
And that then, the mutation —highly transferable via USB,
/Airdrop or telepathy— is in me.

I am now patient zero.
I don't leave my home for at least three days.
When I go out, the mutation is on its most contagious phase,
it cannot contain itself from going to another *piscina de bolas*.
When I see my friend, we take a selfie
very close to each other like folks used to do before,
and I telepathically transfer the mutation to her brain.
But it doesn't end there.
Then, she asks me to Airdrop the selfie.
So I also transfer the mutation via Airdrop.
Now she's patient one, with a square mutation.

Then, the mutation causes a global pandemic where we all
/drown among balls,
trying to pretend we're having fun,
trying to reach each other but failing,
trying to stand up or submerge,
wobbling,
mobile immobiles,
losing all control.

The mutation is called *piscina de bolas*.

Virtual Warming

Perhaps we're so disconnected from our body
that we may not even know its current temperature.
One that could minimally be viral,
another one that leads us into total destruction.

I have an image in my head:
a stranger aims at me with a machine gun,
ensuring I don't overcome (18)98,
and nothing else.
It seems as if they forgot to aim at Earth.

I have another image in my head,
It's digits, 1, 0, 1, 0
30,000
80,000
1,500
4,645
2017
2019
2020
5
4
3
2
1
0.

The numbers don't stop,
and even though math has never been my thing,
I try to do some when I see them.

It's like being in a time *continuum* straight into destruction
/handheld by an angel.
There aren't any halts, or breaks, or breathers.
A hundred years of virtual warming, behind and ahead of us.

But enough of numbers and data.
Poetry isn't about that.
Poetry is verses here and there,
that become immortal when added and subtracted.

The contemporary world is inferior to poetry.

Baquiné

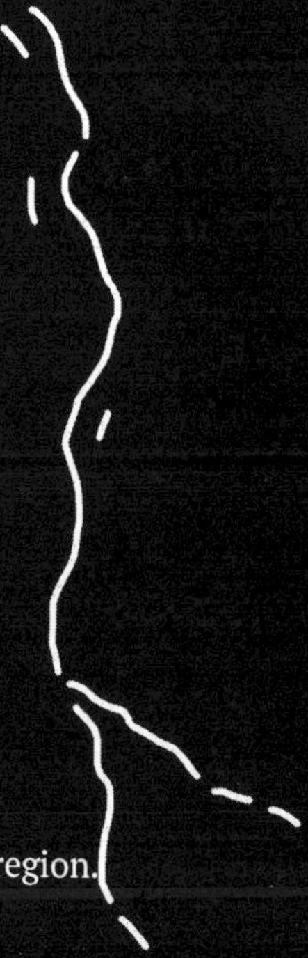

The spirits wake me up at 3am.
My body wakes up my spirit at 5.
No one comes to an agreement here.
And I'm just in-between, without a plan.
Between them and her,
letting them do whatever they want.

Little Oshuns exploding,
that pour down
below the stream of the most scarce resource in this region.

My friends ask me to hire dancers for their funerals.
And I am, in the meantime, having my own *baquiné* this
/morning.
I tell them I will do so, I reiterate that whatever's left of me
/will keep their promises.
And yet, making a plan now produces a sensation of
/estrangement in me without precedents.

Perhaps the loss that spills over into solitude,
is the kind that leaves us in absolute nudity,
without warning,
in the middle of the darkness that shines a light on
/contemporaneity to re-make us
or the kind that makes us disappear once and for all.

But it is clear we're here with no plans,
in the middle,
letting time pass by.

The spirits run wild into the abysmal cracks that fill up with
/uncertainty,
that cohabitate with you and with me inside of the four walls
/of this fucking house.
And the sun, outside, announces that we may be able to plan
/4 hours under it in our hammock.

Beyond that, there isn't a plan.
Beyond not having a plan, what happens next is unpredictable.
The truth is that the end of the world arrived without warning.
But, at least we have disinfecting spray over here.

The Future is Today

If I had known that the future would be this,
I would've had less aspirations,
to live one of those lives
without routes, purposes, or desires.

I would have wanted a life without ambition,
loveless,
painless.
With a lot more drugs, more tobacco, more sex of the kind
/that made me an addict of all bodies except mine.

I would've worked harder
to destroy myself faster,
instead of rescuing myself
from me.

If I had known that the future would be like this,
I would've done less of what I opted doing
And more of everything that I left behind.

It's another lie, like the one of my dog in the bathtub.
I knew this would be the future,
and I did absolutely everything I needed to do so that when
/I found myself in this place
I would always choose myself first,
the only one left
for the end.

Hug

Another Era

Things I don't regret doing, before entering forced solitude:

Hugging my friends upon arrival and departure, always, a lot.
Attending every hang out I was invited to, always, a lot.
Being the last one to leave, almost always, a lot.
And the first one to wake up and keep dancing, always, a lot.
Dancing as if the end of the world were near, absolutely
/always, above everything.
Writing as if it were my only tool to be heard, compulsively.
Leaving, over and over again, from what no longer fed my
/soul, always, a lot.
Eating everything, always, a lot.
Admiring the river as if it were a part of me, when I was able
/to, a lot.
Getting off the plane to go straight to the beach, when it was
/open, always.
Laughing so loud that it would make those on the other side
/laugh, unexpectedly.
Loving as if it were the only thing that needed to be done,
/always.
Carefully observing my dog's happiness as if it was a
/supernatural phenomena, still.
Writing letters and postcards to my loved ones,
/spontaneously, always.
Walking around everywhere as I wished, since I was born.
Being free, still.

Things I regret not doing while I am in forced solitude:

Hug you yesterday.
Break all the rules on day 48.
Live you as if we were in another era.

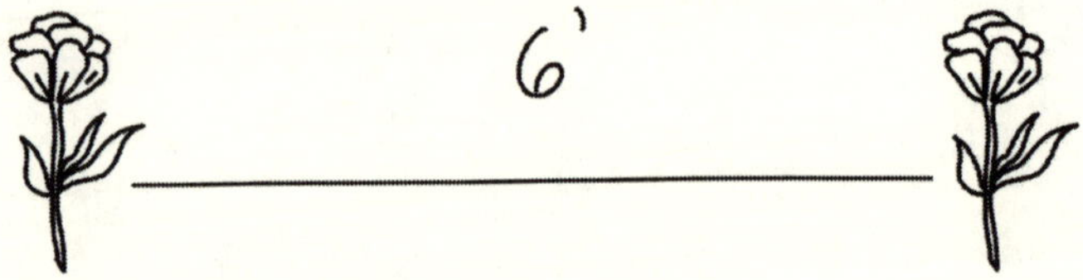

Suspense

The adrenaline of not knowing if I'll last one more day here substitutes all else.

mar
mar
mar
mar
mar
mar
mar
mar
mar
mar
mar
mar
mar
mar
mar
mar
mar
mar
mar
mar

Tactless

Being a woman, *mal*
being latina, *mal*
being Puerto Rican, *mal*
being strong, *mal*
being independent, *mal*
being single, *mal*
being without reproducing, *mal*
being enthusiastic, *mal*
being unwilling, *mal*
being with voice, *mal*
being displaced, *mal.*

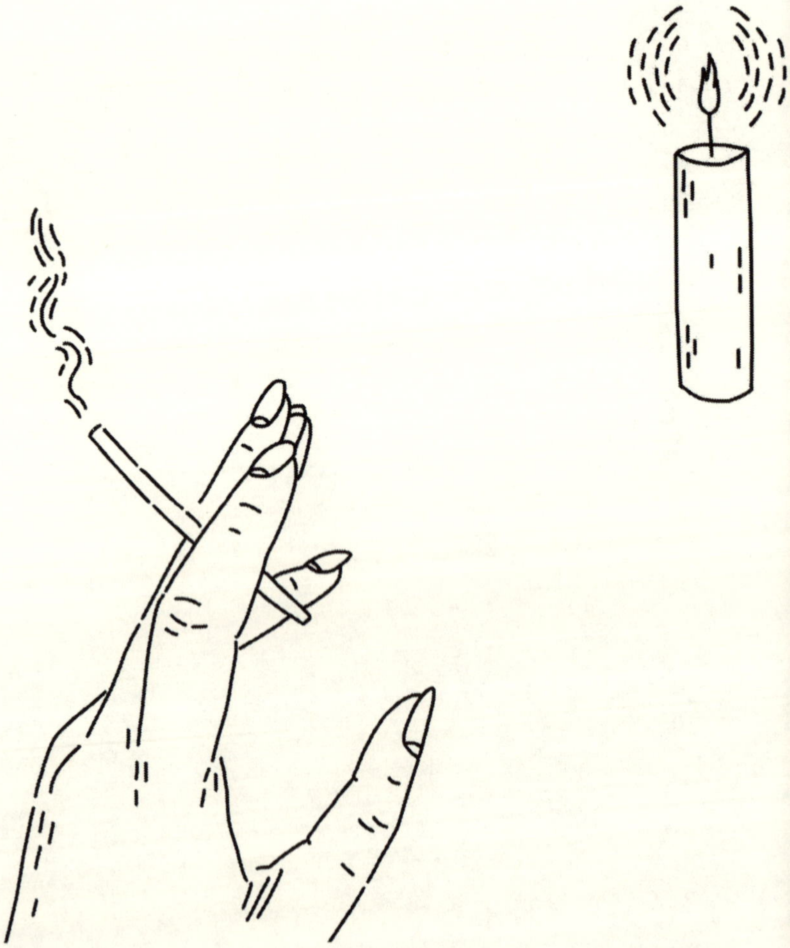

Espiritista

I met you during one of those lonely winter days in
/Berkeley when I stopped at the *botanica* with the
Puerto Rican flag, which I had seen for nine years but hadn't
/entered yet.

I don't know how it happened. But later I spoke with your
daughter and she told me that you did a lot of the things I
/do:
burning sage to cleanse, rituals, *brujería*.
I would've wanted to see you moving around in your house
with the grace of someone who knows how to walk in
/between worlds.

But you were already dead when I met you, and you had been
/for exactly 50 years.
You died of cancer, you were a smoker like I am.
You had character, you were head of the household.
Biology says you were my adoptive grandmother,
but I believe you are my *abuela de espíritu*.

The day I met you I confirmed you were an *espiritista* because
/my mom reminded me of an indian figure you left in your
house.
Then, I went back to speak with the old man at the *botanica*
/and I understood.
I bought you a candle so that you would protect me.
I think you even visited me a few months ago to let me know
/everything was going to work out.

I would've loved to sit on this balcony with you to have a
/smoke,
and hug your spirit in the middle of this disaster.

The Only Utopia Left

Saying goodbye to a friend that you don't know when
you will see again without hugging her is:
a tragedy.

Not knowing when you will see again friends to whom
you said goodbye with a hug is:
a tragedy.

Not knowing when you will be able to hug a stranger again is:
a tragedy.

Knowing that I can hug my dog every morning is:
the only utopia left.

Confinement

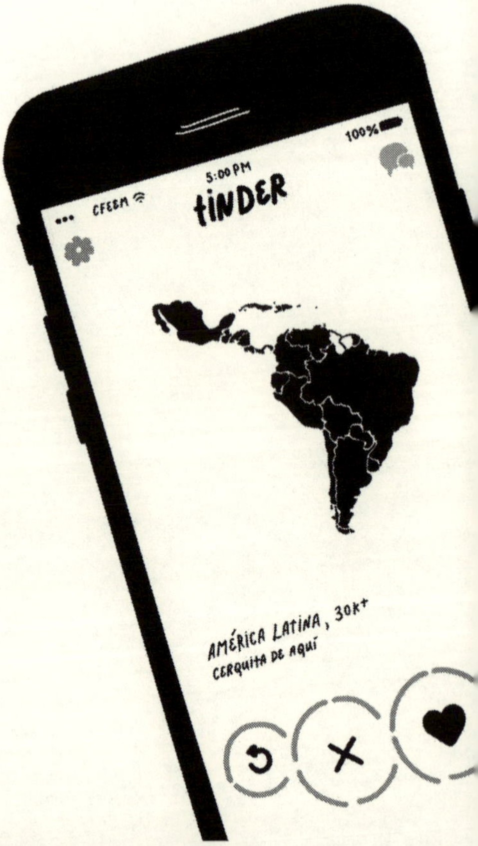

100%
5:00 PM
CFEBM
tiNDER
AMÉRICA LATINA, 30K+
CERQUITA DE AQUÍ

Nuestra América

It all started with the latin lover,
and a joke about Martí.
Well, it'd be nicer to say:
it all started with the latin lover.

But in reality, it all started way before then
and the latin lover is just a character
that, as Borges points out in some story,
is also many other characters.

So, it all started with the latin lover.
But in reality, it all started way before then,
when I was 30 years old
and although my career was going well,
my love life fell apart again.

It all started when my relationship of three or four years
/ended because
my partner didn't want to have kids because there won't be
/any marine life in 10 years.

It was at that time that the latin lover thing started,
Nuestra América's founder.
Nuestra América is a sexual fiction throughout all the Latin
/American countries,
the latin lover is a sex symbol.

Nuestra América is now also in quarantine.

Literature

Writing is a metaphor.
Poetry is a metaphor.

Alcohol is a metaphor.
Tobacco is a metaphor.

Anxiety is a metaphor.
Depression is a metaphor.

Life is a metaphor.

A metaphor is a figure of speech that represents something that isn't the signifier.

Literature has a purpose, I suppose.

Trauma

Trauma is like a genetic imperfection that infects you in
/between your bones.
A traumatic event can be almost anything.

For example,
a fall can cause trauma on the impacted area,
an abusive lover can traumatize the person they subjugate,
a dictatorship can traumatize a *cabronal de gente*,
and more people, after those others.

All to which the fall that traumatizes a knee seems
/insignificant.
All to which the trauma of a girl who falls between two
may seem like a small dot in the infinitude of the universe.

But as any dot made of matter
that neither destroys nor creates,
it is there,
in between the bones,
in the DNA.

And as with all trauma at the end of a sentence, we all forget it.
Just like every idiotic human,
the fascination with repeating the same past clauses
keeps us indelibly traumatized.

Pichea

Pichaste.
How do you say *pichaste* in English?
I don't know.
But *pichaste*,
and I did too.

bye
bye
bye
bye
bye
bye
bye
bye
bye

Lilac Color

I have a son.
For many years I wished for a daughter,
so much,
that it cost me imagined lives, injuries, lost seasons.

But one year I woke up to ash rain at dawn,
and then another year,
and another year, and another year.
And while I was no longer breathing,
I forgot everything I had wished for.

And my son,
kept hugging me.
I had never imagined that this would be limbo,
nor that uprooting would look like this.

That limbo was an orange purgatory
where sonnets are read under ash rains,
and you breathe lilac,
confined.

And about my son,
well I also didn't know I had a son until I arrived at
/purgatory.
And he lead me chained to his leg,
through each of the circles,
breaking all molds through the layers that already
/announced an end.

Opening

Welcome to the End of the World

I come to you as someone who
forgot how you looked.
In the darkness, I don't get
to see the commonplace metaphors that
shine on the end of the world.

It is the end because time unravels
if we get lost in a poem.
It is the beginning because I slowly return
to understanding how it felt.

Perhaps I thought there was no more poetry,
but the welcome to the end feels like a synalepha,
like two vowels that come together in an old poem.

The world doesn't matter anymore
if what I want is that we continue merging vowels
verse after verse,
until all syllables disappear
and you rest your images over my island.

Let our rhymes embrace until I can see you again.

And then, when I see you again, I will not care if the world
/ended yesterday.

Only the commonplace metaphors,
the merging syllables,
the embracing rhymes,
that remind me that there are still poems I have to write,
that remind me that
even if everything becomes extinct
poetry will always be.

Tumbacoco del virus

The lab requires a referral.
I ask my friends why the fuck a referral.
They tell me they don't know, maybe to report to the
/government,
that something, I don't know, disinformation.
I ask them if they know any lab that doesn't require a
/referral,
the test then becomes a collective project.

We're in search of clues.
I don't have a referral because I just got here
and I don't have health insurance.
Or better yet, I do have insurance, but can't use it here,
perks of being a colony.
I could use my insurance a month ago but I didn't need it
for this:
a *kit*, a *q-tip*, stick it up your nose, deposit it over there,
I had signed up the day before on a web page,
a simple project that didn't require consulting a single friend.

I'm back on the island,
and I've decided to reiterate my choice.
The collective project continues.
Lab, there's none.
Applicator, there's none.
Cotton, there's none.
A little window, there's none.
Test, there's none.
Self-service, there's none.
Alcohol, there is.
Pause: it's been 9 months since I last saw alcohol.

I decided to come back to the island,
I breathe,
with difficulty.
I've decided to reiterate,
with my mask on,
that I'm indifferent to the chaos.

"ALL CITIZENSHIP SHOULD BE AT HOME BY 10PM. ANYONE WHO BREAKS THE LAW AND ORDER FACES A FINE OF $100.
RECORDAMOS A TODOS LOS COMERCIANTES QUE ESTÁ EN EFECTO UNA ORDEN EJECUTIVA".

Gris

I was never obfuscated by the color gray until now,
it's the color of the sidewalk, the asphalt, the sky covered with
toxic air that would suffocate you if you attempt to breathe.
Depending on where it is placed,
gray can be
all or nothing.

Gray can almost always be an omen of something neither too
/good nor too bad.
For example, my gray couch isn't better than the brown one
even though I also hated my brown couch for many years.
You can hate a couch that isn't gray,
but hating is a grayish sentiment.

I am obsessed with the color gray today because you told me
/your heart isn't red.
Red is the opposite of gray and it will always be everything
/gray can never become.

Red is the color of stop signs, the teeny tiny flowers on the
/side of the sidewalk,
the light covering the sky at dawn,
early in the morning,
when this place still seems unoccupied.
Depending on where it is placed, red can be
all,
unless intercepted by
nothingness.

Red is always an omen of something too good,
optimistic pessimism,
lost causes,
that the universe thought of at least one fucking color for
/latinas
as I read in a sexist book two days ago.
For example, my red heart isn't better than a gray one,
but I never hated it as much as I hated my two couches.
You can't hate a red heart.

Today I thought that gray isn't in the gamut.
I even googled it.
And, it isn't.
That's why I've never loved it,
it's like a color that is there without being,
a color made up of the insignificant all/nothingness of daily
/living.

The Heat of Coffee Brewing on My Side

Feeling the heat of coffee brewing next to me,
while so many other things happen.
But there isn't another way to know if we are alive,
if I am here,
if we are dead women.

And, however, there are so many women that never again felt
the heat of coffee brewing next to them,
and I wish I could give them my *greca*.
Leave again and have them return.
But the heat of the coffee brewing next to me doesn't let me.

I have some verses written on that side
next to an ant that I'm not quite sure how it got there.
I wrote those verses a long time ago
and I always forget them:

The fixation with monsters is only understood through
/fleeting.

Then, when the coffee is done brewing next to me,
I pour a cup for the monsters
and we stay here.

Billboard in Condado

—This is the Sara Alert daily report for: YR-32. Is this person experiencing any of the following symptoms: cough, difficulty breathing, new loss of smell, new loss of taste, shortness of breath, fever, chills, repeated shaking with chills, muscle pain, headache, sore throat, nausea or vomiting, diarrhea, fatigue, congestion or runny nose. Please reply with "Yes" or "No".

—Hi, Sara. Let's be honest, how many people respond? And if they reply yes, how do you proceed? Do gringos report before or after packing *la placita*? Where's the server that stores all this data? I'd die to roll around in it. Anyways, today is my second day here, I think it's going well. I miss my kitchenware and I still haven't unpacked the suitcases. I know for sure that one of them will still be there until Saturday, I'll update you when you write to me then.

This place isn't perfect, but is kinda cool. I can see a giant billboard right from the porch that reads: #yhlqmdlg. I can also see it through the window when I sit down to eat. Do you know what that means? I'm sure you know. I read it over and over again like a mantra and I wonder if I really do whatever I want. Is there someone who really does whatever they want? In theory, yes. But in practice...well, you know how practice goes.

When I woke up this morning, I made some coffee with a machine that was already here and one I don't quite know how to use correctly. I poured it, smelled it, grabbed my warm cup and lay on the hammock I brought in my suitcase. I contemplated the billboard for about twenty minutes while I drank my coffee. I read the hashtag over and over again.

I do whatever I want. Do I do whatever I want? I do whatever I want. Do I do whatever I want? I do whatever I want. Do I do whatever I want?   I think so.   I mean, in reality everyone does whatever they want, right? What not everyone does is *perrear* alone, that's for sure a no, even if they love the song and everything.

Sara, do you do whatever you want or *tú perreas* alone?

—No, I do what the colonial administration asks me and that is to only make sure that cyborgs are stabilized upon re-entry. But yes, *yo perreo* alone.

Ten Years in a Small Room

Provoking sickness.
A lump in the throat.
An urgency to cry
and crying.
They're two separate
things.

The old virus.
The toxicity virus.
The virus that has reproduced for centuries,
milleniums.

We all carry it.
We all contribute to it.
We all stand it,
until the day when there's no more
sickness.

The desire is still there.
My heels, in storage,
carefully put away,
carefully away from me,
so that I don't go back to the place from where I returned.

The Other Epidemic

We are suicidal
we are neurotic
we are hysterical
we are bare
we are sick of it
we are breathing.
And you, how are you?
You're no longer here.

And that which could've been prevented
even though it wasn't meant to kill us
kills us nonetheless
it breaks another little piece of the thousands
and thousands,
and thousands,
and thousands,
that have been smashed since the day our birth chart was
/written.

And the *macho* that kills isn't the only *macho*,

there are less honest but equally coward *machos*,
that use demagogy as an art to destroy and disappear
particles of beings that can't find themselves in them.
What they both have in common is not having the balls to
/assume and *dar la cara*.

Don't worry, honey,
I'll assume for you.
I'll assume you have too big of an ego and an extremely small
/brain,
that toxic masculinity invaded each one of your neurons to
/make you believe you're doing well.
I'll assume that your smallness screams to step over others
/to feel a bit bigger,
that your cowardness won't allow you to accept your
/responsibility or your irresponsibility.

The *macho* that kills isn't the only *macho*.
A macho is also
the one who lies
the one who betrays
the one who destroys self-esteems
the one who intoxicates with his masculinity
the one who doesn't know how to keep it in their pants
the one who says you imagined it
the one who doesn't speak clearly
the one who uses you
the one who can't see women beyond their own goal
the one who insults.
And the society that keeps him unpunished.

We are suicidal
we are neurotic
we are hysterical
we are bare
we are sick of it
we are breathing.
And you, how are you?
You're no longer here.

Femicides

I put on my Airpods
and kept walking.
I walked away from my iPhone
but I never stopped hearing
worms.

On the island where I was born
I can only speak in metaphors.

On the island where I was born,
women are hated
and men prefer to orchestrate a collective suicide
instead of apologize,
hold themselves accountable.

On the island where I was born,
I run out of words,
me vuelvo silent,
me convierto en silence.

On
the
island
where
I
was
born
women don't exist.

On
the
island
that intersects me as the world ends,
to kill all the women living in me that were hated twice,
I wasn't born.

On the island where we were killed,
I was forced to die,
so that everything could make sense,

I run out of words,
se quiebra el lenguaje.

Abuela
madre
yo
mi amiga
mi otra amiga
la amiga de mi amiga
la amiga de la amiga que aun no conozco
la amiga que no conozco aún

todas asesinadas dos veces,
odiadas dos veces,
por la glorificación de un agresor.

(I am sorry for your loss).

Killed
assassinated
dismembered
burnt
erased
repeatedly until the end of times

On
the
island
where
I
was
born
already
dead
I look for her face on the mirror
as someone who wants to bring herself back.

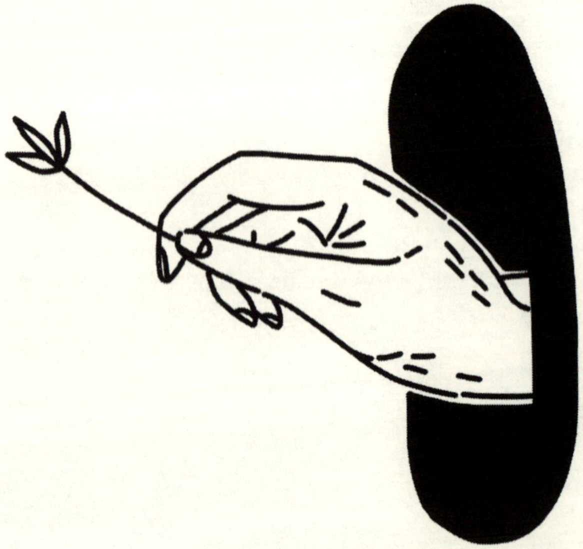

Throwing Up Poetry

I woke up today and threw up another poem.

Poems are like that,
they arrive without notice
while you brush your teeth
and at the exact moment
when the last drop of coffee brews.

They arrive without anyone's invitation
or seize you in the middle of the street
under the noon sun,
that dissipates the possibility of articulating any thought.

Sometimes I throw up a poem at midnight,
and then I keep vomiting
like the exorcist girl
until the sun comes out and it's Saturday already.

Poems are like that,
they arrive violently
to tell us what we'd rather not hear
while you brush your hair
and at the exact moment
when the bread jumps out of the toaster.

They come out of the uncomfortable silence
in a conversation where you don't know what to say
because the anxiety of feeling
disarticulates any possible words.

Sometimes I shut up
so that I can listen to
a poem climb up my back,
go through my ear,
and then throw it up the next morning.

Poems are like that,
I vomit poetry in tiny pieces of paper
that lay around,
and later I collect them as someone who seeks to find
/mysteries about herself
and transcribe them in an entirety that never becomes.

Sometimes I want silence
but the voices in my head
don't stop,
don't take a break,
don't go on vacations
and don't leave me alone.
And I wish I could have it all,
the silence,
but it never arrives.

Poems are like that,
pieces of a whole that never becomes,
an entire life forever *in medias res*.

Foolish Robots

A poem by Sor Juana read by Google Home
announces that old and irrelevant poetry
is now recited by robots.

Biografía de la autora

Yairamarén Maldonado tiene un Ph.D. en Literatura Latinoamericana y Caribeña y en Nuevos Medios, de la Universidad de California, en Berkeley. Es escritora, trabajadora cultural, y gestora de comunicaciones y cambio narrativo en una organización sin fines de lucro feminista. Autora del poemario *Interfaces* (Editora Educación Emergente, 2017), de la tesis doctoral *Indebted Pasts, Alternative Futures: Caribbean Digital Imaginations in Twenty-First Century Literature* (2020) y de artículos críticos como "Cultura digital, protesta y descolonización en Puerto Rico: algunos apuntes sobre #rickyrenuncia" (2019) y "'Nuestro Nowhere': Encierro e histeria en Everglades" (2021), entre otros.

Author's biography

Yairamarén Maldonado has a Ph.D. in Latin American and Caribbean Literature and New Media from the University of California, Berkeley. She is a writer, a cultural worker, and a communications and narrative change manager for a feminist non-profit organization. Author of Interfaces (Editora Educación Emergente, 2017), the doctoral thesis *Indebted Pasts, Alternative Futures: Caribbean Digital Imaginations in Twenty-First Century Literature* (2020), and critical articles such as "Cultura digital, protesta y descolonización en Puerto Rico: algunos apuntes sobre #rickyrenuncia" (2019) and "'Nuestro Nowhere': Encierro e histeria en Everglades" (2021), among others.

Índice
Index